あんたで日常を彩りたい 2

I will inspire your insipid days.

駿馬京

Illustration by みれあ

「久しぶり、夜風。元気そうでよかった。
あたし心配してたんだよ」
屈託のない笑顔を向けてくる風音。

INDEX

Cover Design ―――― Kaoru Miyazaki(KRAPHT)

あんたで日常《せかい》を彩りたい 2

I will inspire your insipid days.

駿馬 京

Illustration by みれあ

Cover Design by
Kaoru Miyazaki (KRAPHT)

序幕

I will inspire your insipid days.

都会に四季が存在しないことを上京して初めて知った。夏と冬しかない。少し前までは学生寮と校舎を往復するわずかな時間に体力を蝕《むしば》む日光を疎《うと》ましく思っていたはずなのに、気が付けば手足の先に熱源を求めている。

ブランケットを羽織って、かまくらの中で暖を取るように縮こまるぼくに、聞き慣れたぶっきらぼうなルームメイトの声が飛んできた。

「風邪ひいた？」

ぼくは間髪入れずに答える。

「そういうわけじゃなくて、部屋が寒いんだよ」

「へー」

毎日のように繰り返される問答である。毎日のように……というか、正確には誇張なく毎日繰り返している。自らの作品づくりに没頭するルームメイトにとって、ぼくの生命活動を確認する一種のルーティーンと化しているのだろう。それはいい。それはいいのだけれど、やっぱり11月になっても部屋に冷房を入れる神経はほんとうに理解しがたい。

「……そろそろ外気温も低くなってきたから、冷房から暖房に切り替えない？」

「ご自由にどうぞ」

「そう言って、いつも気が付くと室温の設定を戻してるじゃん！」

「戻してるんじゃなくて戻ってるんだよ、いつのまにか」

「そんなわけなくない!?」

ぼくが声を荒らげると、ルームメイトはあさっての方向へ顔をそむけたまま「そうなんだ」と呟《つぶや》いた。どこまでも他人事《ひとごと》である。これも彼女の通常営業だけれど。

共同生活を送り始めてから半年が経過し、ようやく知ったことなのだけれど……彼女の「そうなんだ」という言葉は偽りのない本心から来ている。彼女自身が自らの行動を覚えていないのだ。記憶する必要がないから。

はじめは先行きの見えない日々を送っていたのだけれど、どうにか日常をかたちづくれるようになったのは……きっと、ともに『穂含祭《ほふみさい》』という大きな試練を乗り越えたからだと思う。

それはそうと、あまりにも寒い。いよいよ手がかじかんできた。

ふたたび自分の世界へ没入した棗《なつめ》さんをよそに、ぼくは浴室へと向かう。

いつでもシャワーが浴びられる環境はほんとうに最高だ。実家のお屋敷《やしき》では薪を用意するところから入浴の準備が始まっていたから。

ぼくたちが通う朱門塚女学院《しゅもんづかじょがくいん》は、主に芸能・芸術に特化したクリエイターの卵が通う特殊な学校法人である。これまで数々の著名なアーティストを輩出しており、全国各地から優秀な生徒を集める性質と、学生同士の積極的なコミュニケーションを図る意図から全寮制が敷かれているのも特徴で、ぼくたちが共同生活を送る原因もそこに端を発する。

もっとも、この共同生活を奇怪たらしめている理由は主にふたつ存在している。

ひとつめの理由。

ぼくのルームメイト――橘《たちばな》　棗《なつめ》は、『夏目』という筆名を用いて絵画を世の中に発信する現役のアーティストだ。彼女が手掛ける作品は人々が抱える不安や不満を体現したかのような風刺性を有していて、世間から絶大な支持を受けている。

クリエイターの卵が集うこの学園において、すでに芸術家として成功している棗《なつめ》さんの存在はまぎれもなく異端である。しかし、それでも彼女は学園に通うことを選んだ。

『高校生をやってみたかったから』と、棗《なつめ》さんが理由を語ってくれたことがある。ぼくたちの送る日常が果たして普遍的なものなのかどうかは置いておいて、彼女なりに満足しているのだと思う。不満があればすぐに「なんで？　どうして？」を連発するはずだから。

「ふぅ……」

温かな流水によって指や爪先に血行が巡っていく。

シャワーが上げる蒸気に包まれながら生を実感する。

まだ眠るには早い時間だけれど、きっと部屋の外に出る用事もないだろうから、このままメイクを落としてしまおう。そう思い、洗顔料を手に取ったところで——。

かちゃ、と浴室の扉のパッキン部分が音を立てた。

「あ」

「…………」

素《す》っ裸《ぱだか》の棗《なつめ》さんと目が合っている。

棗《なつめ》さんは無表情のまま、いつもどおり抑揚のないトーンで続ける。

「シャワー浴びてたんだ。そうなら先に言ってくれてもいいのに」

「言っても気づかないでしょ。これで何度目？」

「じゃあ結局この未来は避けられなかったということになるね」

「棗《なつめ》さん。なにか話す前に浴室の扉を閉めてほしい。寒《い》いよ」

「シングルタスクの人間に主語と述語をきちんと示す良い提案だと思う。寒いなら扉を閉めたほうがいいよね」

「『話す』というタスクの優先度を下げてほしい。あと『服を着る』の優先度を上げて」

「どうせ夜風《よかぜ》が出たらすぐ入るし、気にしないでいいよ」

1日中部屋に籠っていて紫外線の影響をまったく受けないせいか、陶器のように白くなめらかな肌が視界に飛び込んでくる。

同居生活を送る上でこういうハプニングは何度も起こっている。とはいえ、慣れてしまって良いものでもないと思う。実際、棗《なつめ》さんの素肌はすでに頭の中にしっかりと焼き付いてしまっているので、いまさら実物を目にしたところでそれほど動揺することもない。

「お願いだから服を着ておとなしく待ってて！」

動揺しないわけがなかった。当たり前。ふたたび「うるさっ」と眉を顰《ひそ》める棗《なつめ》さんを外に追いやる。急いで身体《からだ》の水分を拭い、衣服を身に纏《まと》って、頭にタオルを巻き、ドライヤーを抱えて脱衣所を出る。髪はベッドの脇で乾かせばいいや。

「んじゃあたし入るね」

「んあああ！」

素《す》っ裸《ぱだか》のままの棗《なつめ》さんとすれ違う。

なにも伝わってなかった！

水分を含んだタオルがもたらす重力にひっぱられるように、がくりと脱力する。

「はぁ……」

ため息をつきながらドライヤーの電源を入れて、温風を髪の毛に当て始める。

結果的にカラスの行水となってしまった。肌寒さを感じて、空調のリモコンを操作して室温を2度上げる。

——穂含祭《ほふみさい》でいっしょに作品をつくりあげた後も、結局ぼくと棗《なつめ》さんの関係はなにも変わらなかった。棗《なつめ》さんにとって、ぼくは共同生活を送るルームメイトであり、同時に共同制作者でもあるはずなのだけれど、それ以上でもそれ以下でもないらしい。

ぼくは棗《なつめ》さんの言動に振り回されながらも、彼女の描き出す世界に驚嘆するばかりで、同時に棗《なつめ》さんの彩《いろど》る日常のひとつでありたいと思っている。

状況だけ見れば、互いに信頼し合っているパートナー同士といえるのかもしれない。

ひとつ問題があるとすれば——ぼく、花菱夜風《はなびしよかぜ》が男性であること。

男性だから、女性の棗《なつめ》さんに気を遣うし、無言で浴室に侵入されると悲鳴だってあげる。

だが、幸か不幸か、棗《なつめ》さんはぼくのことを異性としてまったく意識していない。

ひとつ屋根の下どころか、ひとつ同じ部屋で生活をともにしているこの状況を、彼女の特異性が実現してしまっているのだった。


全国からアーティストの雛《ひな》が集うこの学園において、ぼくには成すべき使命がある。

代々続く伝統舞踊の家系——花菱《はなびし》家の跡継ぎ、花菱風音《はなびしかのん》。その双子の弟であるぼく、花菱夜《はなびしよ》風《かぜ》は、風音《かのん》の影武者として学園生活を全うし、姉に経歴の一切を引き継ぐ。

それを越えた後、ぼくになにが待っているのかはわからない。知る必要もない。

そう思っていた。

棗《なつめ》さんの描く日常に触れるまでは。

「…………うん？」

シャワーを浴び終わって部屋に戻ってきた棗《なつめ》さんが、スリープモードだったパソコンをふたたび立ち上げた直後に、ディスプレイを見つめながら怪訝《けげん》そうな反応を見せた。

「どうしたの？」

「新しい連絡が入ってた」

「それはよかったね」

「客観的に見てよかったのならおそらくよかったんだろうね。あたしが抱えている漠然とした将来への不安の解消に向かえるという点では新規顧客からの依頼が入るのは喜ばしいことなのかもしれないけど、一方で将来のあたしが現在の『夏目』を保っているかどうかわからない現状で案件を受け続けるのは正解なのかなと疑問に思うところはある。でもそれならいいや」

「ぜんぶ聞き取れたのに！」

早口すぎてなにもわからなかった！

テキストに出力してくれたら、脳内で読み返して理解できたのだろうけれど。

ぼくの困惑をよそに、棗《なつめ》さんは「ま、いっか。気分じゃないし」と口にして、制作を進めているらしきタブレットに視線を落としたのだった。

思えば、このとき棗《なつめ》さんに依頼内容の確認を促しておいたほうがよかったのかもしれない。

ただし……促したからといって、事態の進展を早めるのは難しかったのだけれど。

interlude

I will inspire your insipid days.

虚無の反復は心地よくて、安心する。決めた過程を経て、決めた結果を出し続ける営みを、幼少期のあたしは繰り返していた。

毎日同じ時間に起きて、毎日同じ柄の食器を使って、毎日同じ献立の食事を摂《と》って、それだけで安心していた。特にかにかまが好き。赤くてわかりやすいから。味も淡白で脳にこびりつかないし。たまに父親が別のメニューを出してきたときも「どうしていつもと違うんだろう」という疑問から前に踏み出さず、容赦なく残していた。そのうち父親も諦めた。

そうして自分の殻の中に閉じこもっているだけで満足していたはずなのに、いつしか相反する感情が生まれてしまったことがあたしにとっての不幸だったと思う。

反復。同じ挙動の繰り返し。

しかし、日常は反復しない。

時間は無為に流れていき、あたしの身体《からだ》は成長し、やがて同じことができなくなる。毎日同じ献立を口に入れていても、空腹感に支配されるようになった。

環境も変化する。小学校に通って――やがて通えなくなって、なおさら反復が通用しないことを知ってしまった。

気づいてしまったことで、反復は不安へと変質する。

毎日同じ日常を送るのが不安。一歩も踏み出せていない自分が不安。それでも身体《からだ》は言うことを聞かなくて、ひたすらに繰り返しを求めてくる。

いつしか、あたしにとっての敵は時間そのものになった。

反復を許さない、時間という絶対的な指標。あたしが人間であるがゆえに抗《あらが》うことすら許されず、その流れにただ身を任せるほかない。

人間はただ、生きているだけで死んでいく。

かたちのあるものは一様に消えていく。ゆえに虚《むな》しい。虚無。

虚無の反復は心地よかった。けれど……虚無は反復を許さない。

まだ幼かったあたしの頭の中で思考がつながったとき――気が付くと筆を取っていた。

時間に抗《あらが》わず、しかし従うわけでもない。

ただ消えていく、それそのものをつくりだす。

等しく消えていくのが人間ならば、筆を持っているときのあたしもまた、きっと人間だ。

――ずっと思っていた。

あたしが変化を許容して、不安が消えたとき、あたしはなにをしているんだろう。

第一幕　「ひらいて」

I will inspire your insipid days.

1

「来年の3月に向けて、そろそろチームの体制を考えなあかんと思うねん」

部屋にやってきた小町《こまち》さんが、ぼくのベッドに腰を下ろすや否《いな》や切り出した。

コーヒーを出す準備をしていた手が止まる。一方、いつもどおり棗《なつめ》さんは手を止めるそぶりもなく、デスク上のタブレットにペンを走らせていた。『また小町《こまち》がなんか言い出した。代わりに夜風《よかぜ》が聞いておいて』と言外に伝わってくる。

「それ、前にも聞いた気がします」

「昨日言うたばかりや！」

固まったままの姿勢でそう言うと、小町《こまち》さんは気性の激しい猫みたいに声を荒らげた。棗《なつめ》さんが顔をしかめて「うるさっ」と口にする。どうやら過集中モードには入っていなかったらしい。じゃあはじめから話を聞いてあげなよ……。

「わかっとるんか⁉　初花祭《はつはなさい》まで5ヶ月切ったんやで⁉　いくら穂含祭《ほふみさい》で入賞できたからって、学年末の初花祭《はつはなさい》に作品を出展できひんかったら問答無用で留年が決まるんやで⁉」

「それ春にも聞いた気がする」

棗《なつめ》さんがボソッと呟《つぶや》く。伝えたのはぼくだ。

「穂含祭《ほふみさい》ではうまいこといったけどやなぁ！　前期で出せるもんぜんぶ出し切って後期なんも思いつかんかった〜では結局ウチら共倒れになるんやで⁉」

「それも春に聞いた気がする」

「言っとらんわ！」

きゃんきゃんと吠《ほ》えるように主張する小町《こまち》さんの姿に、ぼくは心が締め付けられるような感情を覚えた。わかるよその気持ち。

小町《こまち》さんの叫びはまさに真実で、前期セメスターに開催された学園祭『穂含祭《ほふみさい》』において、棗《なつめ》さん、小町《こまち》さん、そしてぼくの3名は『絵画と日本舞踊を融合した演舞』を共同制作し、舞台上で披露したことで賞を獲得した。

圧倒的な発想力と技術力で無から有をつくりあげる棗《なつめ》さん。

棗《なつめ》さんの描く世界を現実に投影する役割を担《にな》うのがぼく。

そして小町《こまち》さんは、棗《なつめ》さんが苦手とする各種手続きに加えて、作品の実現可能性や舞台装置の把握、音響や照明関係の折衝など、ディレクション全般を担《にな》っている。

ぼくたちは穂含祭《ほふみさい》において、棗《なつめ》さんが描いた絵画をコマ送りにしたアニメーションに音楽を乗せて映写し、それに合わせて舞踊を披露した。結果として、3人の能力がうまく嚙《か》み合《あ》ったことで、無事に穂含祭《ほふみさい》を終えることができて、賞までいただいてしまった。

もっとも、ただでさえ芸能・芸術に特化したこの学校に特待生として入学した棗《なつめ》さんが、学園祭で優秀な成績を残すのはある種の既定路線だったのかもしれないし、棗《なつめ》さん自身は結果にまったく固執していないし、なんなら自分が賞をもらったことすら覚えているかどうか怪しいけれど、少なくともぼくにとっては衝撃的な出来事だったのは間違いない。

生まれて初めて、ぼくがぼくでよかったと思えた気がする……。

心の底からそう感じられた瞬間から、気が付けば時間は経過して、夏を越えて、秋を迎えて、冬の到来を予兆させる気候となっていたところで、ぼくの従姉《いとこ》であり朱門塚女学院《しゆもんづかじよがくいん》の教師でもある花菱皐月《はなびしさつき》さんから、こんなことを言われた。

『そろそろ初花祭《はつはなさい》の準備しておけよ？』

そしていま、ぼくたちはクラスメイトでありチームメイトでもある君家小町《おおやこまち》さんから、初花祭《はつはなさい》での出展物制作をせっつかれているのだった。

初花祭《はつはなさい》。

前期と後期にセメスターが分割された朱門塚女学院《しゆもんづかじよがくいん》のカリキュラムの中で、後期の総決算となる学園祭である。

前期の集大成ともいえる穂含祭《ほふみさい》と同様に、初花祭《はつはなさい》も生徒の作品が評価される。

では、穂含祭《ほふみさい》との違いとはなにか？

答えは単純明快。開催される時期的な都合で、進級に直結するのだ。

そういうわけで、小町《こまち》さんの「わかっとるんか⁉」につながるわけである。

たぶん、棗《なつめ》さんもわかっているとは思う。

ただ……興味のある目の前のことに猪突猛進《ちょとつもうしん》する彼女には見えていないだけだ。理解はしているけれど、見ないようにしているというか、初花祭《はつはなさい》の存在を見ようとしていない。

そして、当の棗《なつめ》さんに制作進行——ディレクターに抜擢《ばってき》された小町《こまち》さんが、棗《なつめ》さんの重い腰を上げさせようとしているのは当然なのだけれど、当の本人はというと……。

「なんも考えてない。また今度でよくない？」

ぶっきらぼうに返答する始末である。当然ながら小町《こまち》さんも食い下がった。

「せやから！　ええわけ！　ないねんてぇ！」

床に膝をつき、天を仰ぐように叫ぶ小町《こまち》さんをよそに、棗《なつめ》さんはふたたびデスクに向かう。

「いやいやいや！　棗《なつめ》さんが忙しいのはわかるけど、そろそろちゃんと話させてぇや！」

「べつに忙しくないよ？」

「じゃあ真剣な顔でデスクに向かってなにしてんねん⁉」

「通販サイトで日本語の怪しい商品の広告を眺めてるけど」

「あぁ、あれな。ヨとヲが交ざってたり『しましょう』が『しまダう』になってたり、『衝撃の衝撃をお楽しみください』みたいに文字が重複してたりするやつな。あれブログにまとめてる物好きな人もおるよなぁやないねん！　なんでそこにアンテナ向いてまうねん！」

「面白いじゃん。あたしたちは小さいころに日本語という『文字』を学んでコミュニケーションを取っているわけだけれど、ほかの国の人からは日本語が『文字』ではなく『記号』に見えてるわけでしょ？　裏を返せば、あたしたちがふだん使っていない言語をうまく作品に落とし込めば、感覚的に意味を込められる可能性もあるよね。どうなんだろ。ほかのアーティストもそういうのやったことあるのかな。あるよねきっと。小町《こまち》は知ってる？」

のべつ幕無しに話し続ける棗《なつめ》さんの言葉に耳がついていかず、ぼくは途中から席を立ってカーテンを開けた。視覚過敏がある棗《なつめ》さんは、部屋の窓を常に斜光カーテンで覆っているので、この部屋に日光が差し込むのは実に3日ぶりとなる。ちなみに前回は棗《なつめ》さんがアイマスクと耳栓をして眠りについている時間帯だった。

てっきり棗《なつめ》さんが制作に集中しているものだとばかり思っていたので気を遣っていたのだけれど、ネットサーフィンしているのなら話は別である。特に不満をあげる様子もなかったので、ついでに窓も開けておいた。換気は大事である。

「そんなこと言うたらそもそも文字の定義かて微妙なとこやろ。ヒエログリフとかインダス文字なんかはウチらにはただの絵にしか見えへんけど象形文字やん？　なんなら漢字なんて、もっとも文字数の多い文字体系やけど、あれも象形文字の一種やろ。当たり前に使っとるから認識にバイアスがかかっとるだけで、ほかの国の人からすれば漢字とかひらがなが記号とか絵に見えてしまうのはふつうのことなんちゃうか？　知らんけど」

今度は小町《こまち》さんが一気に答えた。棗《なつめ》さんが立て板に水のごとく語る際、ぼくは途中から話半分に聞いてしまうのだけれど、小町《こまち》さんはこのとんでもないスピードの会話についていってしまう。結果、ぼくだけが取り残される。なんとなく窓の外に視線をやった。あー、鳥が飛んでる。なんの種類だろう。お屋敷《やしき》の庭にはそこかしこに見ていたけれど、新鮮な風景に映る。

「関西の人ってほんとに『知らんけど』って言うんだ」

「いやまあほかの関西人のことなんて、よう知らんけどな」

「また言った」

「いまの『知らんけど』はニュアンスがちゃうねん」

「へえ。いろんな意味があるんだね。文字を記号として捉えるのと同時に、同じ文字にも別の意味が含まれているみたいな切り口からなにかつくれたりしないかな」

「ロゴタイプにでも興味あるんか？」

「広告はあたしの専門外なんだけどどうだろ。デスメタルバンドのロゴくらいまで文字を崩していいならデザインできなくもないかもしれないけど」

ずっとなんの話をしてるんだろう……。

その後も小町《こまち》さんと棗《なつめ》さんは、ぼくがあまり理解できない分野の話を延々としていた。手持無沙汰になったぼくは、なんとなく本棚に置かれている画集を開く。といっても、この部屋にある書物の9割が棗《なつめ》さんの購入したもので、おまけにぼくは一度読んだ本の中身をすべて覚えてしまうので「これ前にも見たなぁ……」以外の感想を抱けなかった。

ふたたびなんとなく窓の外に目をやると、太陽がわずかに傾いていた。傾いているといっても、まだまだ明るいけれど。

「――って！　そういう話しとるんちゃうくてッ！」

小町《こまち》さんの叫び声がふたたび部屋に響き渡る。棗《なつめ》さんが「うるさっ」と耳を押さえた。先ほども見た光景である。デジャヴかと思った。

「棗《なつめ》さん……初花祭《はつはなさい》、なんかやりたいことないんか？」

「あったらとりあえずディレクターにぶつけてるし、むしろディレクターが舵《かじ》を切るところなんじゃないの」

「ウチ主導で進めて棗《なつめ》さんの意欲が乗らへんかったら本末転倒やろ。ディレクターは企画も含めて担《にな》うもんやけど、ウチらのチームに関してはゼロからイチを生み出す役割は棗《なつめ》さんに統一しとかなあかんねん」

「そう言われても特にアイデアはないんだけど」

「なんか！　なんかないんか⁉　……夜風《よかぜ》さんもなんか言うたって！」

「へっ？」

急にこちらに水を向けられて、ビクッと跳ねてしまった。貰《もら》い事故《じこ》だ……。

「……棗《なつめ》さんは常になにかを考えている人なので、なにも出てこないなら出てくるまで待つ以外の選択肢はないと思うんですが……」

「それは百も承知やねん！　ウチごときが『夏目』にあれこれ指示を出すんもちゃんちゃらおかしいことやとは理解しとる！　けどなぁ……初花祭《はつはなさい》まで残り数週間です～、みたいなタイミングでいきなり『穂含祭《ほふみさい》みたいな作品をつくりたい』って言われたら終わりなんや！　あれっくるのにどれくらい時間かかったか覚えとるか⁉」

「……棗《なつめ》さんなら言い出しかねないですね」

「せやろ⁉」

「わかる。あたしってそういうこと言いそう」

「他人事《ひとごと》やめろや！」

切れ味の鋭い小町《こまち》さんのツッコミが入ったところで、棗《なつめ》さんは「うーん」と身体《からだ》を伸ばした。

せめて逡巡《しゅんじゅん》とか懊悩《おうのう》とか、そういうたぐいの「うーん」であってほしかった。

「もう周りは初花祭《はつはなさい》の準備を始めとる。棗《なつめ》さんの気まぐれを悠長に待ってられへん時期に差し掛かってきたんや」

眉間に指をあてがいながらため息をつく小町《こまち》さんへ、棗《なつめ》さんは呑気《のんき》そうな声をかける。

「とりあえず今日は思いつかなそうだから今度でよくない？」

先延ばしの提案である。棗《なつめ》さんの悪い癖だ。

興味の向かないことをいったん先送りにしてしまうがゆえに、飲み終わったペットボトルや食べ終わったデリバリーの使い捨て食器、脱いだ服などが散乱する地獄のような部屋を構築していたのがこの人である。共同生活が始まってから、ぼくがそういったルーズな部分をカバーすることでかろうじて人間らしい環境に身を置いているけれど、こと無から有を生み出す過程においてはぼくが介入する余地がない。

さて、棗《なつめ》さんの言葉に小町《こまち》さんがどういう反応をするのかと観察していると……。

「だいたい……」

拳をふるふると震わせながら、こう言い放ったのだった。

「……あんたら、夏場なんもしてへんかったやんけ！」

2

芸術・芸能に特化し、全国から才能ある生徒を集める朱門塚女学院《しゅもんづかじょがくいん》にも夏休みは存在する。あるんだ、と皐月《さつき》さんに漏らしたところ「ないと死ぬだろ、殺す気か」と即答された。教師にとっても大事な休暇期間らしい。通常の高等学校なら部活動に駆り出される場合もあるそうだけれど、この学園に部活動というものは存在しないのだ。

　では各生徒がどのように休暇を過ごすかというと、もちろん帰省である。

　全寮制をとっている都合上、生徒たちは故郷へ帰る時間が限られている。おまけに穂含祭《ほふみさい》の制作と発表で追い込まれるため、6月から7月にかけては休日と呼べるものがない。

「ってわけで、これからウチは大阪に帰る。予約しとる新幹線の時間が迫っとるからな。1ヶ月ちょいおらんくなるけど、棗《なつめ》さんも夜風《よかぜ》さんも寂しくて泣かんといてな」

　7月中旬。穂含祭《ほふみさい》が無事に終了してまもない時期のことである。

「へえ、いつ帰るの？」

「これからやで」

「ふうん。どこに帰るの？」

「大阪やで」

「そうなんだ。どうやって帰るの？」

「新幹線やで――ぜんぶさっき言ったわ！」

　いつものようにデスクに向かう棗《なつめ》さんが、小町《こまち》さんに視線を向けることすらなく適当にしゃべっていた。きちんとツッコんでくれる小町《こまち》さんは相当心優しいと思う。ぼくは棗《なつめ》さんの空気感に慣れてしまっているけれど。

「棗《なつめ》さんは実家に帰らへんの？」

「帰っても誰もいないだろうし、そもそも外に出たくない」

「なんか聞いたらあかんこと聞いてたらごめんな……」

「なにが？　父親から『むこう3ヶ月ほど海外にいる』ってメール入ってたから、帰っても帰らなくても同じ生活を送るだけって話なんだけど。ていうか作業環境まるまる学生寮に搬入しちゃってるからむしろ実家だと抱えてる案件こなせなくて詰む」

「めっちゃ細かいところ気になったんやけど、父親とのコミュニケーションツール、いまどきメールなんやな……」

「チャットツールはほとんど取引先とのやりとりに使ってるし、LINEとかMessengerとかは通知溜《た》めるだけ溜《た》めて結局チェックしないってのが続いたからぜんぶ消しちゃった」

「まあウチもLINEなんてほとんど使わへんしな……友達とのやりとりはぜんぶインスタのDMで済ませとるし」

「フェイスブックのこと年寄りのコミュニケーションツールだってバカにしてる若年世代がメタ社のサービスの機能のひとつを連絡手段にしてるの面白いよね」

「ハイコンテクストすぎるわ！　インスタグラムをフェイスブックが買収したのも、フェイスブックがメタ・プラットフォームズって名前に変わったのも知っとる人は知っとると思うけど、ウチらの世代の人間はほとんど知らんて！」

「小町《こまち》はふつうの女子高生じゃないから通じるわけだ」

「喜んでええんか怒るべきかわからん！　……って、もう時間ヤバい！　ほなな！　夜風《よかぜ》さんも棗《なつめ》さんのお守りで大変やろうけど身体《からだ》壊さんようにな！」

「お気遣いどうも……」

「夜風《よかぜ》はあたしの母親じゃないよ？」

「知っとるわ！　もうツッコまんからな！　ほんまに行くからな！」

いつもどおりの会話を切り上げて、小町《こまち》さんはスーツケースを転がしつつ足早にその場を去っていった。

ふと、小町《こまち》さんがぼくに対して「夜風《よかぜ》さんは実家に帰らへんの？」と聞いてこなかったことを嬉《うれ》しく思った。彼女のことだから、きっとこれも気遣いのうちに入っている。

そして、小町《こまち》さんを見送ってから数日後。

ぼくは猛暑に喘《あえ》いでいた。

初めての経験である。

「暑い……」

思わず独り言が漏れる。都内の夏が異常に暑く感じるのは、ぼくが田舎育ちだからだろうか。

アスファルトの上に陽炎《かげろう》がゆらめく炎天下の休日。学生寮への帰路を辿《たど》っていた。

皐月《さつき》さんとともに花菱《はなびし》家の演舞場に出向いていたのである。なんでも、近代演芸……ひらたく言えば『お笑い』の交流イベントが開催されていたのだ。以前はわざわざ花菱《はなびし》宗家の人間が関西から足を運んでいたのだけれど、ぼくが上京して以来、こうした役目を仰《おお》せつかう羽目になっている。もともとは風音《かのん》がつとめるはずだったので、ここでもぼくは身代わりだ。

行きはよいよい、帰りはなんとやら……とはまさにこのことで、往路は皐月《さつき》さんの愛車に同乗させてもらったのだけれど、復路は皐月《さつき》さんとは別に戻ることとなってしまったのである。

『この後もいろいろとやることがあるんだよ。挨拶回りとか。で、そういう大人のやりとりを夜風《よかぜ》に任せるわけにはいかねぇからな。そもそも花菱《はなびし》の演舞場を仕切ってるのは「月」の分家だってのもあるし、お前の仕事はいったんここまでってことで解散』

『……それならわざわざぼくを呼ばなくてもいいのに』

『私もくだらねぇと思うんだけどな。そうもいかねぇんだわ。花菱《はなびし》宗家の人間が来てるぞって各方面にきちんと見せるのが大事なわけ。宗家の代表が未成年だからってことでなんとか名目は保てる算段だから、ややこしい大人に見つかる前にサクッと帰っちまえ』

『……風音《かのん》は、小さいころからこういうことをたくさんこなしてきたんだね』

『あいつはガキのころから大人とふつうに会話してたバケモンだから参考外。ああ、今日クソ暑いから気ィつけろよ』

『暑いから気をつけるってどういうこと……?』

はじめは皐月《さつき》さんの言葉の意味がわからなかったのだけれど、外を出歩いてみてわかった。

これはダメだ。

ちゃんと死ぬ。

電車を乗り継いで、朱門塚女学院《しゅもんづかじょがくいん》の最寄り駅から歩いているだけで瀕死《ひんし》状態である。

なんとか学生寮にたどり着く。

外から戻ってきたぼくを出迎えたのは、いつもと変わらない学生寮の部屋だった。

「寒いよぉ！」

冷房の温度は20度。

寒暖差はおよそ15度である。

「棗《なつめ》さん……せめて4度……いや、2度でいいから上げてって言ったのに……」

「あれ、帰ってたんだ。いつ？」

「ただいま、という言葉にすべて込めたつもりだったんだけど」

「そうなんだ」

「そうなんだよ……そして空調の温度を少し上げてほしいんだけれど……」

「上げれば？　あとで下げてもらうけど」

棗《なつめ》さんはいつもどおりデスクに向かっていた。いつもの光景である。

こんなに寒い部屋だというのに、棗《なつめ》さんはふだんどおり、肌の露出が多い衣服を身に纏《まと》っている。本人いわく、夏場は冷房で調節できるけれど、冬に暖房の温度を上げると集中力が散漫になるとのことで、室温は常にキープしているとのことである。思えば穂含祭《ほふみさい》の直前くらいからこれくらいの温度で生活していた気がする。

当時のぼくは棗《なつめ》さんが起こした絵コンテをどのように演舞で再現するのかをイメージするために外に出ていることが多かったから気が付かなかった。

「棗《なつめ》さん……エアコンの温度変えてもいい？　このままだと風邪ひきそう」

「いいよ。あとで戻すけど」

聞かなかったことにしてリモコンを操作した。

棗《なつめ》さんは制作に集中していると、その他のものごとをポロッと忘れるタイプなので、しれっとこのまま過ごせるかもしれない。

「ていうか汗かいてるならシャワー浴びればいいじゃん」

「また間違えて脱衣所に入ってこないでね」

「あたしのこと淫乱女だと思ってる？」

「少なくとも常識人ではないと思ってる」

「お互いさまじゃん」

軽口を叩《たた》き合いながら、勧められるがままに浴室へ向かった。

珍しいな。棗《なつめ》さんが私生活において、ぼくに対してなんらかの行動を提案してくることなんてなかったはずなのだけれど。

汗を流して、着替えて、部屋に戻ると半裸の棗《なつめ》さんが待っていた。

「脱衣所に入るなとは言ったけど部屋で服を脱いでいいとは言ってないよ！」

「どうせあたしも入るからいいじゃん」

「初耳ですけど!?」

洗濯機は学生寮の各階に共用のものが設置されている。部屋の中に溜《た》まった洗濯物を抱えて往復する。棗《なつめ》さんはシャワーを浴びるとき着ていた服をその場に脱ぎ捨てるので、床にセミの抜け殻のようなものが残るのだ。しかも足元に無頓着なので、そのまま抜け殻を蹴って、服がベッドの下に潜り込んだりするのだ。それを回収するのはぼくの仕事である。

そんなこんなで洗濯機の中に服をすべて放り込んで部屋に戻ったところ、棗《なつめ》さんはすでにシャワーを浴び終わっていて、部屋の温度は20度に戻っていた。

「ねぇ夜風《よかぜ》、ほかの子たちはこういう日にどんなことするんだろうね？」

「ふつうの女子高生がなにをしているのかをぼくに聞かれても……」

「それもそうだった」

「納得されるのも嫌だなぁ……」

ぼくの返答をスルーして、棗《なつめ》さんはパソコンになにかを入力しはじめた。

ややあって、納得したように呟《つぶや》く。

「プールかぁ」

「いきなりなに……？」

「だからプール。ほかの高校生はプール行くんだってさ」

「そうなんだ……イメージは……つかないなぁ。というかプール行ったことないし……」

「小学校のは？」

「家の事情で……」

「そういえばそうだった。というかあたしもプール入ったことないや」

「小学校のは」

「精神の事情で」

「冗談がキツい……」

「でも、高校生がプールに入ってる映画を見たことはあるよ」

「それ『高校生がプールに入る映画』ではないでしょ？」

「うーん」

突然、唸《うな》り声《ごえ》をあげたかと思えば、棗《なつめ》さんは神妙な表情で続けた。

「だめだ。でっかい水たまりにしか見えない」

やっぱりぼくたちにはこの部屋でいつもどおりの日常を送るのが似合っている。

なぜなら、ぼくも棗《なつめ》さんと同意見だったから。

3

また、別の日のこと。

棗《なつめ》さんはネットショッピングを多用する。外に出られない人なので当然だけれど。

そして、学生寮の集積場所に届けられた荷物を取りに行くのは、ぼくの役割である。

「棗《なつめ》さん……今度はなにを買ったの……？」

大きなダンボール箱を抱えて部屋へと帰還を果たし、床にドンと荷下ろしして息をつく。ぼくの質問に対して、棗《なつめ》さんは「んー」と声にならない返事をするのみだった。

「かさばるわりには重くなかったけど……」

「伝票に内容物の明細貼られてない？」

「貼られてないから聞いてる」

「じゃあ服かなぁ」

服……？　と訝《いぶか》しく思う。

「棗《なつめ》さん、服なんて――」

こちらが言い終わる前に、購入者本人は作業中だった手を止めて、嬉々《きき》としてペーパーナイフを取り出してダンボール箱を解体しはじめた。いつも生気のない瞳が心なしか輝いているように見える。ああ……細かくちぎられた紙片が床のあちこちに放り投げられていく……。

虚無を感じながら眺めていると、梱包《こんぽう》をすべて取り払った棗《なつめ》さんが、天に掲げるように中身を勢いよく取り出した。

布……？

ではない、衣服だった。

ほんとに服なんだ……。

棗《なつめ》さんが手に持っているのは、ショート丈のデニムパンツと、細かく穴が入ったメッシュ生地のニット。ほかにも数点、スタイリッシュなシャツやソックスなどが箱の中に見える。

「質感もよくて最高だね。デザインも言うことなし」

そして、なんの前触れもなくおもむろに服を脱ぎ始めようとしたので、ぼくはあわててそっぽを向いた。苦言を呈しても無駄なので、こちらが対策を取るしかない。

「うん。ぴったり」

独り言の内容から、ふたたび振り返っても問題がないと判断して姿勢を戻す。

そこには、夏の装《よそお》いを身に纏《まと》った棗《なつめ》さんが立っていた。こちらに背を向けて、部屋に設置してある姿見と自らの姿を見比べては髪や襟を調整している。

「機能性とデザインがうまくマッチしてる。流行《はや》るものには理由があるんだ。夜風《よかぜ》、もしかして冷房の温度下げた？」

「下げてないけど……単に服の通気性が良くなっただけじゃないの？」

「納得」

こちらに目も向けず、勝手に納得して、棗《なつめ》さんはふたたび自分の世界に入り込んだ。

いつもだらしなく服を着崩している棗《なつめ》さんが網膜に焼き付いているので、ふだんとは異なる印象を受けた。

「珍しいね……棗《なつめ》さんがそういう服を着るのは」

「珍しいなと自分でも思うね」

「どうしてまた？」

「アパレルブランドからウェブ広告に使うイラストの依頼もらったから、一般的に着られている服ってどんなのか知っておきたくて。見る分にはいくらでもネットでできるけど質感とか着心地なんかはわからないから」

「とはいっても、わざわざ新しい服を買うなんてまた極端な……」

「寮生はみんな帰省してるから夜風《よかぜ》に頼んでほかの人の服を借りることもできないし。小町《こまち》はあたしとサイズ合わないし。それに服なんていくらあってもいいものだよ」

「いくらあってもって……」

ぼくは頭を抱えて、服がぎゅうぎゅうに詰め込まれたクローゼットの惨状を思い返す。

「着ない服があれほど溜《た》まってるのに、まだ買うの……？」

「買うでしょ。いくらあってもいいんだから」

だめだ、棗《なつめ》さんの脳内ではすでに『服はいくら買ってもいいもの』として定義が確立されてしまっている。覆《くつがえ》せない。いつかクローゼットが溢《あふ》れかえるという事実を見ようとしていないのだろう。というか、はなから見えていないのだと思った。

「……こう言ってはなんだけど、棗《なつめ》さんは外に出ないじゃん」

「出るかもしれないじゃん」

「そう言われると返す言葉もないけど……」

「それに、外に出なくても服を着るのは楽しいよ。夜風《よかぜ》も一度は服を着てみたら？」

「まるでぼくが全裸で生活しているかのようなミスリードをしないでくれる？」

いまだってちゃんと着ている。おしゃれなのかどうかもわからないワンピースだけれど。

「あたしが毎日メイクしてるのも同じ理由かもしれないね」

「断定形ではないんだ……」

「あたしのことはあたしもわかんない」

「そっか……」

お手上げである。

無反応のぼくをよそに、棗《なつめ》さんはひとりでに話し続ける。

「外に出なくても、ずっと部屋の中にいてもおしゃれをするのは楽しいよ。おしゃれを楽しむのと、それを誰かに披露したいという欲求は必ずしも干渉しない。あたしにとってはもともとふたつは異なる事実だったから『誰かに着飾った自分を見せたい、見てほしい』という欲求の存在は後から知ったものだけどね。いま気づいたけど」

そして、棗《なつめ》さんは両手を広げてくるくると回る。

「目ぇ回った」

「ずっとなにしてるの……？」

「どうかなと思って」

「主語がないからわからない……」

「あたしの買った服と、あたしの買った服を着たあたし」

どうやら、着飾った見た目の感想を求められているらしい。

「珍しいね、ってさっき言ったはずだけど……」

「『珍しい』は、ふだんの状態からは想像がつかない、ありふれていないものの状態をあらわす言葉だから感想じゃないよね」

「論破しようとしないで。ぼくが悪かったから」

あまりなにも考えずに話していたのが裏目に出てしまった。棗《なつめ》さんの関心は手元に衣服に向かっているので、ぼくがどうこう言おうと気にしないだろうと思っていたし、実際出会ったころの棗《なつめ》さんならば「そうなんだ」と流して自分の話を始めるところだったはずなのだけれど。

「どうかなと思って」

「まったく同じ言葉とトーンで尋ねてこられても……」

そう言いつつ、素直な感想を口にした。

「似合っていると思う」

「ふうん」

「綺麗《きれい》だなと思った」

「そうなんだ」

「棗《なつめ》さんは服を見る目があるなと思った」

「あたしが好きな服を好き勝手に選んでいるだけなんだけれど夜風《よかぜ》の目から見ても良いものに映るのならよかったのかもしれないね。それにあたしの中では誰かに衣服を見せたいという感情と誰かに着飾った自分を見せたいという感情は干渉しないものだってさっき言ったばかりだけど服を単体で評価してもらえることでそこに初めて干渉が生まれるものなんだと思った。あたしもいま気づいた。それに——」

「感情のスイッチがわからない！」

ぼくの叫びをよそに嬉々《きき》として語り続ける棗《なつめ》さんの様子に安堵《あんど》する。どうやら彼女の欲しがっていた正解を自力で導き出せたらしい。

ふと思った。

棗《なつめ》さんは感情を表に出すのが苦手だ。これは本人も自覚している。

だからこそ、彼女にとって言葉は感情を表現する大切なツールだ。

大切だからこそ、すべてを伝えようとして冗長な口調になってしまう。

楽しいとか、嬉《うれ》しいとか……そういった普遍的な感情は、棗《なつめ》さんが言葉を開示することによって判明する。

ただ一方で思う――意外にも、棗《なつめ》さんから悲観的な言葉を聞くことは少ない。

特に……怒っているような言葉は聞いたことがない。だから疑問なのだ。

棗《なつめ》さんは……『怒り』を抱くことがあるのだろうか、と。

さて。この日以降、棗《なつめ》さんはたびたび夏服を買い込むようになる。毎回、同じようなやりとりが発生して、そのたびに棗《なつめ》さんは嬉《うれ》しそうに話し続けた。

そういうふうに日々を過ごして――。

4

「寮に戻ってきて部屋に遊びにきたとき、夏季休暇の前とまったく同じ佇《たたず》まいで迎え入れられたウチの気持ちがわかるか⁉　長い夢でも見てたんかと思うたわ！」

小町《こまち》さんの叫びが部屋に響き渡った。棗《なつめ》さんはやっぱり「うるさっ」と耳を塞ぐ。

「うるさいのは承知の上で急《せ》かしとんねんこっちは。もう決定や。とりあえずいまからここはウチらの初花祭《はつはなさい》対策本部や。なにかしらアイデア出るまでウチはこの部屋から出ぇへんで」

力強い主張を、棗《なつめ》さんはそよ風のように受け流す。

「あたしたちの部屋で心中するとは相当な気合とみた」

「ウチ、このまま部屋で一生を終えるの確定なんか⁉」

「なにも思いつかないからなぁ」

正直、意外だった。

思えば、棗《なつめ》さんは毎日デスクに向かってなにかしらの作業をしていたけれど、その中身まではわからない。しかし、明らかに春先よりも動きが緩慢になっていた。腕を組んだり、おとがいに手を当ててじっとしていたり。

穂含祭《ほふみさい》の直前に見せた鬼気迫る雰囲気が消えている。

「……どこか具合悪いの？」

おそるおそる、棗《なつめ》さんに尋ねる。

しかし返答は意外なものだった。

「誰が？」

「棗《なつめ》さんが」

「そう見える？」

「見えないから直接聞いてるんだけど……」

「そうなんだ。哲学的だね」

すると、棗《なつめ》さんは椅子の背もたれに身を投げ出しつつ「うーん……」となにかを考える。

「ふつうにイラストの依頼はこなしてるし、こないだ新作上げたし、次の個展も決まったし、別に具合は悪くないと思う。でもあたしは自分自身の状況に鈍感でそれを理解してるから夜風《よかぜ》や小町《こまち》から見てあたしの様子がどこかおかしいんだったらやっぱり悪い可能性が高いかもしれないね、でも少なくとも吐き気がするとか頭痛がするとか眩暈《めまい》がするみたいな明らかな不調は表に出てきてない、でも最近は睡眠薬使わずに寝られることも多いからそういう意味では前までのあたしとはどこか違うかもしれない。なんか最近寝つきがいいし。なんで？」

いつもどおりだった。特に問題はなさそうである。

では……なぜ？

「よかったやん。棗《なつめ》さんが飲んでる睡眠薬ってけっこうキツいやつなんやろ？　無理やりストンと落ちるってこないだ言ってたの覚えてるで」

「推理小説のトリックに使えそうだよね、いや使えないか。睡眠薬で眠らせて無理やりアリバイのない時間をつくるみたいな挙動ちょっと強引すぎるもんね」

「たぶん」

会話が噛《か》み合《あ》っていないように聞こえるけれど、小町《こまち》さんと棗《なつめ》さんの間においてはこのやりとりで意思疎通が取れている。これもいつもどおりだ。

いよいよわからなくなってくる。

棗《なつめ》さんが……あの『夏目』が、なにも思いつかない……なんてこと、あるのか？

あるのかもしれない。というか、あるのだろう。

彼女はふつうの人間からはややズレた思考でものごとを考える人だけれど、それでも人間であることに変わりはない。これまでが異常だったのだ。

納得しようと思えば納得できる。

そこまで考えたところで、棗《なつめ》さんが口を開いた。

「前は夜風《よかぜ》の特性に気づいた瞬間にやりたいことがイメージできたんだけどなぁ」

「こわっ！　夜風《よかぜ》さんの目に気づいた瞬間に『自分の絵の差分をたくさんつくってアニメーションみたいにすれば夜風《よかぜ》さんが再現できるかも』までイメージしてたってことかぁ!?」

「できるかもじゃなくてできるって思ってた」

「なおさら怖いわ！」

目の前で繰り広げられる会話を聞いて、ふと思う。

棗《なつめ》さんは、ぼくと出会った瞬間にそこまで考えていた。

そして、いまはなにも思いつかない。

と……いうことは。

もしかして、ぼくの存在が棗《なつめ》さんの発想力に制約をかけてしまっている？

この可能性には――気づいていた。

同時に悩んでもいたはずだ。

『夏目』がつくりだすものに、花菱夜風《はなびしよかぜ》が必要ではないという可能性。

というか、当然の帰結である。棗《なつめ》さんはすでに『夏目』として世間に認められているアーティストなのだから。

ぼくの考えをよそに、ふたりは会話を続けている。

「棗《なつめ》さんってどんな芸術が好きなん？　興味あるやつでもええんやけど。なんかとっかかりになればええんやけどなぁ」

「なんでも好きだよ。芸術も、芸能も。できればなんでもやってみたいけど」

「好きな映画は？」

「怪獣映画とか最近好きだよ。人が食われて骨だけになるやつとか」

「骨は消化できひんタイプの怪獣なんや……」

「人を踏み潰すタイプの怪獣も好きだよ」

「棗《なつめ》さんの中では『人の食べかた』で怪獣がカテゴライズされてるんや……」

「映画かぁ。やってみたいけど現実的じゃないね。あたしが現場に行けないし」

「たとえばショートムービーやとどうやろ。前みたいに絵コンテつくって、ウチがカメラ手配して夜風《よかぜ》さんに演者やってもらうみたいな」

「可能性としてなくはないけどイメージはできてないなぁ。あたしの頭の中で同時性を担保するのが難しくて」

「具体的には？」

「いつも絵を描いて終わりだから。夜風《よかぜ》の映像と、そこに付随するサウンドがあって、それを脚本でつなぎとめる方法を知らない」

「またムズいこと言うてるやん……」

「夜風《よかぜ》を絵筆にしてなにかをつくるのは確定なんだけどね」

ぼくを使うのは確定。

情けないけれど、その声が聞こえた瞬間、安心してしまった。

棗《なつめ》さんはぼくといっしょになにかをつくろうとしてくれている。

『誰かといっしょになにかをつくるって、ふつうの女子高生っぽいじゃん』

以前かけられた言葉が、胸の中に響いた。

「どう動かせば面白いんだろうね。ねぇ夜風《よかぜ》、なんか面白いことやってみて」

「それ最悪のパスやで⁉」

閉口するぼくの代わりに小町《こまち》さんが声を荒らげてくれた。

「……ごめんね、面白みのない人間で」

「なに言ってんの？　面白くないわけないじゃん。面白い人間は脳内にいくつもの『面白い』を飼っていて、それを恒常的に出しているのか必要に応じて出しているのかの違いでしかないと思うし夜風《よかぜ》は前者だと思うからあえて意図的に面白いことをやってみてって言っただけなんだけどわかる？」

「『面白い』という言葉がゲシュタルト崩壊を起こしそう……」

ひとまず棗《なつめ》さんのリクエストは丁重にお断りしておいた。

やがて小町《こまち》さんと棗《なつめ》さんはふたりしてパソコンのディスプレイを覗《のぞ》き込《こ》みながら「ああでもない、こうでもない」と議論を始める。ぼくはひと息ついてベッドに腰かけた。

具合が悪いわけではない。

絵のお仕事も順調。

やってみたいことはたくさんある。

花菱夜風《はなびしよかぜ》を絵筆にして初花祭《はつはなさい》に出展しようと思っている。

あとはその概要を決めていくだけ。

「……あれ？」

思わず声が漏れた。

幸いにも、棗《なつめ》さんも小町《こまち》さんも話し合いに夢中でこちらに気づいた様子はなかった。

頭の中に浮かんだ自問自答の声に、ぼくはふたたび耳を傾ける。


――花菱夜風《はなびしよかぜ》、お前はこのままでいいのか？


そこで、ぶるるっ、ぶるるっ、と、ぼくのスマートフォンが振動する。もともと操作がおぼつかなかったけれど、いまでは検索エンジンでなにかを調べたり、メッセージの送受信、通話などはなんとかこなせる。

スピーカーに耳を当てると、聞き慣れた声がした。

『緊急。面談室。よろしく』

「……皐月《さつき》さん、また雑談の相手をしろってこと？」

『そんなんでわざわざ電話かけねえよ』

かけるじゃん……とは言わないでおいた。

声がやけに真剣だったからだ。

『面倒なことになった。風音《かのん》が日本に帰ってきてやがる』

5

『最近沖縄に滞在してるんだけど、意外と曇りの日が多いんだね。観光用のパンフレットでは透き通った海とか突き抜ける晴天、みたいなのが強調されてたからギャップがあってびっくりしちゃった。あらかた見たいところは見たから、明日にはフェリーで鹿児島に渡って桜島《さくらじま》にでも登ってみようかな。皐月《さつき》も予定がないなら来れば？　あたしは未成年だからお酒を飲めないけれど、それってとても損だと思うの。旅費と食費ならあたしが持つよ』

皐月《さつき》さんに面談室へと呼び出され、無駄話を交わすこともなくノートパソコンのディスプレイを見せられた。映っていたのは想像していたとおり、ぼくの双子の姉である。

「沖縄……？　というか、風音《かのん》っていままでどこに行ってたんだろう」

「海外をぶらぶら回ってたらしい。ヨーロッパからアメリカまで。夏ごろにはオーストラリアにいたらしいな。ほんとに四季が反転してるのか見たいから、とか言ってたな」

「……というか、皐月《さつき》さんって風音《かのん》と連絡取ってたんだ」

「私からは取ってねぇよ。いつも風音《かのん》が電話かけてくる。話し相手が私くらいしかいねぇんだろうな。あいつ自身もそう言ってたし。『世間話ができる相手が皐月《さつき》くらいしかいないのよ』ってな。どこまでほんとうなんだか」

風音《かのん》は皐月《さつき》さんのことを呼び捨てにしていて、皐月《さつき》さんもそれを受け入れている。

お屋敷《やしき》にいたころ、一度だけ聞いたことがある。年上であるはずの皐月《さつき》さんが、ぼくと同い年の風音《かのん》に対して萎縮しているように見えたからだ。

『宗家とか分家とかは関係ない。ただ……風音《かのん》にはどうやっても勝てないって、本能的にそう思わされる。だから大きい態度を取れない。私の一挙手一投足、私自身が知覚していない無意識の動作まで、風音《かのん》にはそこにある意味を見透かされているような気がしてくる』

そしてこうも言っていた。

『あいつは敵に回せない。敵に回ったら最後、喰《く》らいつくされる気がするんだ。でも幸いなことに風音《かのん》は私の親族で、その幽《かす》かなつながりだけが味方でいてくれる余地を与えてくれる』

皐月《さつき》さんが風音《かのん》のなにに対して畏怖を感じているのかはわからない。それほどまでに、ぼくは風音《かのん》のことを知らないのだ。

きっと、これからも。

「知らなかった……ぼくにはなんの連絡もなかったから……」

「あぁ、それは……いや……いまはいいか……」

どこか言葉を濁した様子で、皐月《さつき》さんは話を続けた。

いわく、風音《かのん》はお屋敷《やしき》から姿を消して以降、気の向くままに諸外国を旅していたらしい。もともと、風音《かのん》は花菱《はなびし》宗家の次代家元となることが決まっており、非常に頭が切れる。いつだったか、一族の集会の場で周囲を言いくるめ、ある程度の資産を与えられたのだ。気まぐれに金銭を使える理由はそこにある。

ちなみに……その会合において、一族の若年世代に対して相応の資産を分配されていたはずなのだけれど、皐月《さつき》さんがこうして教職についている理由はわからない。

「……風音《かのん》はなんのために帰ってきたんだろう」

「知らねぇよ。わからねぇから面倒なんだろ。あいつのことはなんもわからねぇ。お前にもわからねぇんだから、きっと風音《かのん》にしかわからねぇな」

風音《かのん》は双子の姉で、ぼくと姿かたちは似ている。でも性別は違うし育った環境も違う。だから考えることも当然違う。

「ただ、ひとつわかってることがある」

それはなにかと問うよりも先に、皐月《さつき》さんは別の動画を再生しはじめた。

『むこう2週間で都合のいい日があったら教えてくれる？　久しぶりに食事でもどうかな。なにか困っていることがあれば相談に乗るよ？　ただ、あたしが学校に直接入るわけにもいかないから場所はこちらで指定させてね。手配しておくから。よろしくね、皐月《さつき》』

「…………どう思う、夜風《よかぜ》？」

「どうって……どうだろう。風音《かのん》のことだから、なにかの狙いがあるのかもしれないし、なにも考えていなくて、単に会って話がしたいだけ……っていうことも考えられるけど」

「犯人は10代から90代までの男性または女性、小柄または中肉中背ないし高身長みたいな範囲の広さだな。ゴミプロファイリング。なにが困るかって、私も同意見なんだけど」

ぼくは核心と思われる話題を切り出す。

「……それで、皐月《さつき》さんの話というのは……風音《かのん》に会うべきか否《いな》か、ってこと？」

「いんや、会うよ。私も大人だからな。余計なことは話さないし、甘い話に誘われても飛びつかない。あいつは得体が知れない人間だけど、裏を返せば同じ人間だ。なにか狙いがあっても私が話に乗らなければ世間話でもして早々に切り上げるだろ」

「……それじゃあ、風音《かのん》と会う場所にぼくも同席しろってこと？」

「会わないほうがいい。いまは、まだ」

ぴしゃりと言い切られた。

どうやら……これが本題らしい。

「皐月《さつき》さんから見て、そう思う？」

「思う」

「どうして？」

「夜風《よかぜ》が変わったからだ。宗家の屋敷《やしき》にいたころよりも活《い》き活《い》きしてる」

思わぬ返答に絶句してしまう。

たしかに、自分でも変わったとは思っている。生活をともにしている、変わった同居人の影響が大きいけれど。

棗《なつめ》さんの溢《あふ》れるエネルギーにあてられて、ぼく自身も彼女の期待に応えたいと思って……結果として、ぼくは穂含祭《ほふみさい》のステージに立った。

まぎれもない事実であり、変化だ。進化であればいいのだけれど。

「風音《かのん》のことだから、夜風《よかぜ》が朱門塚女学院《しゅもんづかじょがくいん》でどんなことをしているのかも、たぶん知ってる」

「ぼくからは連絡していないのに？」

「ちなみに私も余計なことは話していない。でも、たぶん知ってる。穂含祭《ほふみさい》にはメディアの取材も入るんだ。当然、ステージの様子も公開されてる。世間は『夏目』が描いたアニメーションに注目してたけれど、そこには当然、夜風《よかぜ》の姿も映っていた。あいつなら、表に出ている情報を体系化して、その裏まできっと読んでくる」

「風音《かのん》がぼくの学校生活を知ったとして……なにかよくないことがあるの？」

「あるかもしれない。だから忠告した。なにかが起きてからじゃマズいからな」

「……皐月《さつき》さんと風音《かのん》の関係って、きっと客観的に見れば相当変わってるんだろうね」

「お前ら姉弟《きょうだい》の関係のほうがよっぽど変わってるよ」

たしかに、と納得するしかなかった。

「とりあえず、風音《かのん》と一度会ってくる。それまで風音《かのん》からコンタクトがあってもいったん様子見しておけ。なんかあったら私に相談しろ。わかったな？」

要件はこれだけだ、とばかりに話を切り上げる皐月《さつき》さん。

そこで、ディスプレイに表示された通知欄に新たなメッセージが表示された。

「……風音《かのん》からメール？　が来てるけど」

「メッセージアプリな」

くるっとノートパソコンを翻《ひるがえ》して、画面を眺める皐月《さつき》さん。

「あいつ、いま都内にいるのかよ。鹿児島行くみたいな話はどうなったんだ。下北沢《しもきたざわ》で散策してるってよ」

「下北沢《しもきたざわ》？」

「サブカルの街。バンドマンと芸人の生息地」

「……最近、どこかで聞いたような」

「まあ、学園から遠い場所じゃねぇからな。朱門塚《しゅもんづか》の生徒もよく通ってるぜ」

「あ」

思い当たった。

「棗《なつめ》さんの個展が、ちょうど下北沢《しもきたざわ》で開催されてたはず」

「……待て待て、それって」

皐月《さつき》さんは額に手を当てて、大きくため息をついた。

「面倒ごと、確定かよ……」

第二幕　「ほどいて」

I will inspire your insipid days.

1

小町《こまち》さんが息巻いて『初花祭《はつはなさい》対策本部』を立ち上げてから、ぼくたちの日常がどうなっているかというと……。

やはり、なにも変わっていなかった。刻一刻と期末が近づいてくるばかりである。

しかし……なにも変わっていない日常のなか、わずかに不安の種が膨らみ始めている気配を、また同時に感じてもいた。

皐月《さつき》さんに接触してきた風音《かのん》。

いったいなにを考えているのか、弟であるぼくにはわからない。

ぼくは、風音《かのん》の身代わりとなって朱門塚女学院《しゅもんづかじょがくいん》に通っている。

もしも。

もしも、本来そうであったように、朱門塚女学院《しゅもんづかじょがくいん》に風音《かのん》が通うようになれば……ぼくの学園生活は、ここで終わってしまうのだろうか。

頭の中を巡るとりとめのない思考を断ち切るようにして、ルームメイトの声が聞こえてきた。

「ねえ夜風《よかぜ》。自分が正常であるか、それとも異常であるか、どうやって判断してる？」

ふだんと変わらない、抑揚のない声。

感情が乗っているのかもおぼろげな声音が耳朶《じだ》を打つ。

「自分がいま正常なのか、それとも異常なのか。うまく寝つけない、熟睡できない、疲労感が抜けない、無気力、倦怠感《けんたいかん》がある、ものが覚えられない、身体《からだ》が重い、頭が痛い……簡単なカウンセリングでこうしたわかりやすい変調の有無を聞かれるけれど、一方であたしは思ってしまう。眠れないのも、頭が痛いのも、あたしにとっては当たり前。それが当然である環境の中であたしは気が付いたら絵を描いていて、知らないうちに『夏目』になってた。つまり、『夏目』にとっては客観的に異常であることが正常だと思うんだよね。どう思う？」

「ごめん、わからない。判断しようと思ったことがないから……」

「もしかすると『なんか前と違う』みたいな漠然とした違和感があって、それが認知のきっかけになるのかもしれないね。たとえば、夜風《よかぜ》にとっては『一度見たものをずっと覚えていられること』が正常で、記憶を忘れた場合、異常ってことになるでしょ？」

「それは……そうかもしれないね」

一度見たものを忘れない。

それがぼくにとっての当たり前であり、ぼくが棗《なつめ》さんの『絵筆』たる所以《ゆえん》だ。

目にした光景を写真のように脳内に保存しておいて、必要に応じて引き出すこともできる。

穂《ほ》含祭《ふみさい》において、棗《なつめ》さんはこうしたぼくの特性を利用して、絵画の差分……絵コンテを大量につくることで、ぼくの所作を指定し、ぼくは舞台上で再現をおこなった。

穂《ほ》含祭《ふみさい》を終えた直後、棗《なつめ》さんは「夜風《よかぜ》ならできると思ってた」と声をかけてくれたし、小町《こまち》さんは「そんなんふつうはできひんって！」と称賛を送ってくれた。彼女たちの評価を客観的指標として、ぼくはこの特性が一種の異能のようなものなのだと認知したのだけれど……一方で一度見たものを忘れてしまう世界のことを、ぼくは知らない。

客観的には異常。

もしもぼくが見たものを忘れてしまったら……きっと、主観的に異常を察知するだろう。

「さっきの質問の答えにもつながるかもしれないね」

「さっきの質問？　あたしなんか質問したっけ？」

「そうだよねぇ！　棗《なつめ》さんはそういう人だった！」

本心から疑問に思っていることじゃないと頭から丸々それらがすっぽ抜けるのだ。

「正常とか異常とか、いきなり話を振ってきたのは棗《なつめ》さんでしょ」

「そうだったっけ。そうかも。たしかにそんな気がしてきた」

うん、うん、となにかに納得したような仕草を見せた後、棗《なつめ》さんは切り出した。

「つまり、あたしの正常な状態っていうのは、眠れなくて以下略って感じなんだけど」

「会話中に以下略って言われても困るよ」

「最近は眠れるんだよね。睡眠薬がなくても」

そういえば……小町《こまち》さんとの会話の中で、そんなことを言っていた気がする。

「それは……よかったね。棗《なつめ》さん、眠れなくて苦しそうにしてたし」

「よかったのかなぁ」

首をかしげる棗《なつめ》さん。

「なんか前と違うんだよね」

そして椅子から腰を上げて、ベッドに座るぼくへと近寄ってきた。

「ねぇ」

眼前に棗《なつめ》さんが迫る。

つくり物みたいに整った相貌、濁ったビー玉を思わせる大きな瞳。

髪の隙間から覗《のぞ》く耳、そこに開けられた数々のシルバーピアス。

着崩した衣服の隙間から覗《のぞ》く素肌。

思わず目を逸《そ》らした。脳裏に焼き付いてしまったので手遅れだったけど。

「あたし、前と違うかな」

「……そう言われても」

「夜風《よかぜ》ならわかるはずでしょ。春からずっとあたしの姿を見てるんだから」

「春から……」

そう言われて、脳内から過去の棗《なつめ》さんの姿を引き出す。

屋上で、椅子に座ってキャンバスを彩《いろど》っていく棗《なつめ》さん。

部屋の中で、タブレットとにらめっこする棗《なつめ》さん。

画用紙に絵コンテを描き続ける棗《なつめ》さん。

ベッドの上で胎児のように丸まって眠る棗《なつめ》さん。

シャワーを浴びた直後、あられもない姿で居住空間に戻ってくる棗《なつめ》さん。

「……思い返すと、棗《なつめ》さんって生活のパターン少ないよね」

「生活のルーティーン増やせないからしかたないじゃん」

「ルーティーン？」

「いつもと違うことが起こるとなにしたらいいかわかんなくなっちゃうし。夜風《よかぜ》が部屋からいなくなったときパニックだった」

「ごめんなさい……」

穂含祭《ほふみさい》に向けての制作の過程で、ぼくは棗《なつめ》さんからかけられた期待に応えられるのか怖くなってしまい、部屋を空けたことがある。そのときのことだろう。結局、棗《なつめ》さんはぼくのために絵コンテをつくり続けてくれていて、そこに気づけなかったぼくが勝手に悩んで、勝手に出て行ってしまうという恥ずかしい話だったのだけれど。

「やっぱり思いつかないかも。前と変わったところがあるとすれば……棗《なつめ》さん、少しだけ血色が良くなった気がする」

「夜風《よかぜ》が食事を用意してくれるからじゃない？」

ぼくたちが生活している朱門塚女学院《しゅもんづかじょがくいん》の学生寮には、1階にビュッフェ形式の食堂が入っていて、朝7時、正午、夜7時の3度にわたって食事が提供される。そこから好きな食べ物を使い捨てのトレーに取り分けて食堂内で食べたり、各自の部屋に持ち帰るなどが可能だ。

棗《なつめ》さんとの共同生活が始まって以来、食事の確保は自然とぼくの担当となっていた。

「もともとどうしてたの……？」

「適当にネットスーパーで保存食買い込んでた。意外とイケるよ完全栄養食」

「ずっと同じもの食べてたの……？」

「食べたり、食べなかったり？」

「そりゃ血色も良くなるわけだ……」

制作に集中しているときの棗《なつめ》さんは、まるで全身の感覚すべてを一点に集中したかのように周りの音がすべて聞こえなくなる。当然、食事や睡眠も後回しになる。

「ほかには？」

棗《なつめ》さんはさらに距離を詰めてくる。ともすれば顔がぶつかりそうなくらい。

「ほかには……ええと……」

じっと覗《のぞ》き込《こ》まれる。

「というか棗《なつめ》さん、いまさら思うんだけど……実家から学生寮に引っ越したとき、よく環境に順応できたね」

「いや順応はできなかったし。前のルームメイトともぜんぜん会話しなかったし。だからわざわざ人気《ひとけ》のない屋上に出入りしてたんじゃん」

「アウトとセーフの境界がよくわからない……」

「あたしもよくわかってない。でも、ふつうの学生ライフを送るためには許容しなきゃいけないことだと思って無理やり慣らしていった感はあるかも。夜風《よかぜ》とルームメイトになってからは屋上にもぜんぜん行ってないし。あたしにとっての屋上は逃避先だったのかもね」

「屋上にも行かなくなった……やっぱり前とは違うのかな」

ぼくがふと呟《つぶや》いた言葉に、棗《なつめ》さんはハッと気づいたようなそぶりを見せた。

「夜風《よかぜ》と出会ったことであたしが変わった……？」

「ぼくが棗《なつめ》さんを変えた……のかどうかは、ぼくが感知できないよね」

「それもそうだ」

やっと離れてくれた。ほっと息をつく。

ふたたび椅子に腰かけた棗《なつめ》さんは、頬杖《ほおづえ》をつきながらぽつりと漏らした。

「だとすれば、あたしは夜風《よかぜ》でなにをつくればいいんだろう」

「小町《こまち》さんといろいろ話し合いしてたけど……なにかやりたいことがあるなら、ぼくは精いっぱいできることをするよ」

「うん。できること以外頼むつもりないし」

「言いかた！」

「アイデアがないこともないけど、そこに夜風《よかぜ》を乗せてどんな完成形になるのか想像がつかないんだよね。完成形が見えてなかったら着手ができない。だって学園生活に不満ないし」

「……ええと？」

最後の最後でわからなくなってしまった。

学園生活に不満がない。それがどう関係するのだろう？

「うーん」

唸《うな》り声《ごえ》をあげながらパソコンを立ち上げる棗《なつめ》さん。対話はひとまずここで終わり、ということなのだろう。

残された言葉の意味を、もう一度考える。

学園生活に不満がない。

「不満……？」

2

——あたし、前と違うかな。

棗《なつめ》さんから質問を受けてからというもの、ぼくは以前よりも彼女の生態を観察するようにしていた。ぼくは記憶を写真のように断片的に引き出すことも、動画のように連続性をもたせて思い起こすこともできるけれど、無意識のうちに積み重なったそれらを逐次参照するよりも、現在の棗《なつめ》さんから違和感を抽出するほうが問題の解決に近づくと考えたからである。

気づいたことはいくつかある。

まず、停止している時間が多くなった。

棗《なつめ》さんは作業に没頭しているとき、かならずなにかしらのアクションを起こしている。ペンタブレットになにかを描画しているときも、キャンバスに絵の具を乗せているときももちろんそうなのだけれど、ほかにもパソコンで調べものをしたり、電子書籍に目を通したりと、内容は多岐にわたる。

ただ一貫して言えるのは、『なにもしていない状態』がなかった……ということ。

しかし最近の棗《なつめ》さんは、たびたび動作を止める。

そう伝えたところ、棗《なつめ》さんからの回答はというと。

「言われてみれば、なにもしてない時間が増えたかも」

　こんな調子だった。自覚はないらしい。

「……止まっているときはなにか考えごとしてるのかと思ってたから、あまり違和感はなかったし、強いて言うなら、くらいの感覚なんだけど」

「多動の症状のひとつらしいんだけど、あたしなにか考えてるときって口からぜんぶ出ちゃうんだよね。口から出てないときは手元になにかメモしてたりするし、脳内だけでアウトプットを完結させるのが苦手なんだって。なんだってって言われても困るよね。あたしと同じような形質を持っている人は脳内多動っていってなにかしら常に考えて疲弊しちゃったりするらしいんだけど基本的にあんまりないと思う。これまでまったく無かったかと言われれば自信ないし自覚がないだけで止まってたことは何度もあったんだろうけど」

「一気にまくしたてられるとこっちが困るよ……」

　ただ心当たりはある。というか心当たりしかない。スルーしていたけれど、棗《なつめ》さんはとにかく独り言が多いのだ。ぼくが床について眠りに落ちるタイミングで、まだデスクに向かっている棗《なつめ》さんがボソボソとなにかをしゃべっている……という状況には何度も直面している。

「寝るときに棗《なつめ》さんが小さい声でなにか呟《つぶや》いてるな……とは思ってたけど、それも気にならなくなって、いつのまにか眠ってた……みたいな日は多かったね」

「認知シャッフル睡眠法じゃん」

「聞き慣れない単語が出てきた！」

「脈絡のない単語と映像を頭に思い浮かべる作業を繰り返すことで徐々に『思考』が消えていって身体《からだ》が睡眠モードに切り替わるっていう睡眠方法らしいんだけどあたしには効かなかった。何度か試してみたけど単語が出てくるたびに脳内にひとつずつ映像が浮かんでいって、よくわかんない論理で別々の単語が結びついて風景画っぽいものが出力されちゃうからむしろ気が散って死にそうになったんだけど夜風《よかぜ》は安眠できたんだ」

「そ……そうなんだ……」

ふと思った。

棗《なつめ》さんの口数、最近多い……？

もともと、溜《た》めて溜《た》めて一気に言いたいことを放出するタイプだったのは間違いない。

ただ、ここまで一度に話す人だったっけ……？

これもまた、ひとつの違和感。

「やっぱり……なにか悩んでる？」

「悩んでる？　あたしが？」

こくりと頷《うなず》くと、棗《なつめ》さんは首をかしげる。

「いつも悩んではいるはずだけど後に悩みを継続できないから忘れちゃうんだよね。なにかを考えてたはずなのに、そのうちなに考えてたんだっけ？　ってなって気が付いたら忘れてる。

もらったイラストの依頼にリテイクが入って悩んだりするけど、ほかの仕事してるうちに別案思いついたりするし、思いついたやつアウトプットした結果『やっぱり前のでいきましょう』ってなることが多いし。できたほうがいいのかな？　どう思う？」

「ええと……悩みの継続について？」

「そう。あたしは悩みを継続しないんじゃなくて悩みを継続できない。別のこと考えてるうちに忘れちゃうし、それで困ったことが何度もあるし他人に迷惑かけたこともたくさんある。慣れたけど。初めてイラストの仕事を受注したときヤバかったんだよね。ふつうに納期ミスってたし。それから付箋をうまく使うようにしてなんとか防げるようにしたけどたまに『付箋を見る』ってタスクが丸々すっぽ抜けるし。もし一人暮らしなんてしてたらもっとヤバいよね。インフラ関係ぜんぶ滞納しそう」

「……それって、大きな悩みじゃないの？　『悩みが継続できない』っていう」

「そうかも」

初めて気づいた！　と言わんばかりに驚いた表情を見せる棗《なつめ》さん。

「なるほど……あたしの悩みは『悩みを継続できないこと』だったのか……」

……ここで初めて気づいたということは、特に深い悩みがあったわけではないらしい。

いよいよわからなくなった。

「棗《なつめ》さんって、いつからそんなに話すようになったっけ？」

「は？」

ぼくが投げかけた直截的《ちょくせつてき》な質問に、棗《なつめ》さんは初めて困惑の表情を見せた。

ふだんと変わらない無表情。しかし、いつもとは異なり、そこはかとない無機質さを感じさせる冷たい雰囲気が満ちていく。

「どういう意味？」

「ごめん、気を悪くしたなら謝るよ」

「そうじゃなくて」

どういう気持ちで棗《なつめ》さんが発言しているのかはわからない。わかるはずがないのだ。自分でもわからないと、彼女自身がそう口にしていたから。

「あたし、夜風《よかぜ》に話しかける頻度が増えた？」

「違うと思う。会話の頻度は変わらないけれど……密度が膨らんだ気がする」

「具体的に言って」

「棗《なつめ》さんは早口で一気に話す人だけれど、前まではそれでも聞き取れてた。でも、最近はなにかを話すときに整理されていないというか……話したいことを散文的に話しているような気がする。聞き取れないことが増えた」

「…………………」

「……あの、棗《なつめ》さん？」

急に黙りこくってしまう。

もしかして、言及されたくないことだった……？

だとすれば、どうしよう。棗《なつめ》さんの気持ちがわからないのは前提として、それでも傷つけたくはない。かといって、先ほど謝罪を述べようとしたときには「そうじゃない」と否定されてしまった。八方塞がりである。

どうしたものか……と考えていると、蚊の鳴くような声が聞こえてきた。

声の主は、両手で顔を覆っている。先ほどの饒舌《じょうぜつ》ぶりからは考えられない姿だった。

「…………い」

「え？」

「恥ずかしい！」

棗《なつめ》さんの顔は、メイクの上からでもわかるくらいに紅潮していた。

かけられた言葉に、ぼくは混乱してしまう。

「は……恥ずかしい？」

「恥ずい！　いったん寝る！　こっち見んな！」

「えっ⁉　な、なに⁉　なにか気に障《さわ》った⁉」

「違う！　あとで説明する！」

「ていうか、まだ朝だけど⁉」

「じゃあ横になる！　ずっと縦だったから！」

「椅子にずっと座っている姿勢は果たして『縦』なのかな……」

状況を吞《の》み込《こ》めず、半ば現実逃避じみたことを口にするぼくを差し置いて、棗《なつめ》さんはパソコンをシャットダウンすることもなく、勢いよく自分のベッドにダイブしてしまった。

ただ、棗《なつめ》さんがこうして早朝からデスクに張り付いていたということは、また夜更《よふ》かしして朝を迎えてしまったということだろうから、健康のためにも一度睡眠を取ってもらったほうがいいのも事実だ。

ぼくは「うー」と犬みたいなうめき声をあげる棗《なつめ》さんから目を逸《そ》らし、支度を整えて玄関の扉を開いた。今日もまた学校生活が始まる。

3

「わからんなあ」

「ですよね……」

「恥ずかしいって言われてもなぁ。正味、いままで恥ずかしいであろう場面なんか無限にあったはずやろうし」

「ですよね」

「これまでにもいろいろあったやん？　ウチらが部屋で駄弁《だべ》っとる最中にいきなり服脱ぎ始めたり、会議しとるときにいきなり眠り始めて寝顔晒《さら》したり」

「ですよね」

「なにより、棗《なつめ》さんが感情的になるシチュエーションが想像つかへん」

「ですよね」

「ウチは『ですよねｂｏｔ』と話しとんのか⁉」

午前の授業が終わった後、午後に与えられた制作時間。ぼくは、校舎のエントランスに設《しつら》えられた学生用のラウンジにて、今朝の棗《なつめ》さんとのやりとりを小町《こまち》さんに共有していた。

初花祭《はつはなさい》は刻一刻と迫ってくる。一方で、ぼくたち『初花祭《はつはなさい》対策本部』の制作進捗はゼロ。小《こ》町《まち》さんは陣頭指揮を執る関係上、棗《なつめ》さんの尻を叩《たた》く役割を自ら担《にな》ってくれているわけだけれどぼくが危機感を持っていないわけではない。棗《なつめ》さんのもとにアイデアが降りないと、そもそもぼくたちは動くことができないのだから。

小町《こまち》さんはため息をついて続ける。

「ただひとつ、はっきりしとるんは……棗《なつめ》さんがふだんと異なるアクションを取った。つまりそこにはなにかしら重大な理由があるってことや。あの人が、なにに対して『恥ずかしい』って感情を抱いたのかを紐解《ひもと》かんことには先に進めへん」

「えっ……そこ深掘《ふかぼ》りするんだ……」

「そらそうやろ。ほかにとっかかりがないんやから」

そして小町《こまち》さんは、腰かけているソファの前に置かれているローテーブルに突っ伏した。

「ウチもいろいろと調べてん。棗《なつめ》さんみたいなタイプの人間のこと」

「棗《なつめ》さんってなにかにカテゴライズされる人間なのでしょうか……？」

「いや、そら人間が十人十色ってのは大前提の話なんやけど、そうやなくて！」

姿勢を正した小町《こまち》さんが、スマートフォンでなにかを操作する。

ディスプレイに表示されていたのは箇条書きのメモだった。小町《こまち》さんが内容を見せてくる。

そこには棗《なつめ》さんの行動パターンと、そこに根差している特徴が事細かに記されていた。

たとえば『過集中。ものごとに過度に集中しすぎて周りの声が聞こえない状態』、『脳内多動。頭の中でとりとめのない思考が連続して身体《からだ》が休まらない状態』といったふうに、棗《なつめ》さんの持っている癖が断片的に書かれている。

「いろんな本を読んで、こういう傾向があるんやろなとまとめてみたんや」

「いつのまにこんな調査を……？」

「時間なんかナンボでもあったわ！　あんたらが日々をタラタラと無意味に過ごしとったから体感時間が短いだけやろ！」

声を荒らげる小町《こまち》さんに周囲からの視線が刺さる。ンンっと咳払《せきばら》いでごまかして注目を逸《そ》らし、ふたたび話を続けてきた。

「本題なんやけど……」

小町《こまち》さんは声をひそめ、真剣な表情で口にした。

「棗《なつめ》さんには、新しい原動力が必要なんちゃうか？」

「原動力……？」

「創作にはエネルギーが必要やろ。で、たぶん、棗《なつめ》さんの原動力は『不満』やと思うねんな」

不満。

そういえば、棗《なつめ》さん自身も『不満』という言葉を口にしていた……気がする。

どこか耳に残っていたのだ。

「棗《なつめ》さんの描く絵画は『風刺』って言われとるし、実際ウチもそう思っとった。でもあれば、どこかの誰かが『夏目』の作品に『風刺』というジャンルをラベリングして、それが広まっただけの話や。棗《なつめ》さんはあくまで、棗《なつめ》さん自身の心象風景を形にしとるだけ。そこに企《たくら》みや仕掛け、ほかの意図は介在しとらんのや。ここまでは前提な？」

「うん。前提を理解するまでの時点でかなりカロリーを使いましたけど……」

「要するに、棗《なつめ》さんは誰かに自分の絵をどう見てもらいたいとか、どう見せたいとか、そういうことを考えとらんのや。ただ、自分の頭の中にある、他人とズレた世界を筆に乗せてぶつけとる。つまり、棗《なつめ》さんがただ『描きたい』と思ったことが、そのまま作品に現れとるわけや」

「それと不満がどうつながるんですか？」

「つながるもなにも、棗《なつめ》さんは不満しか描いとらんやろ」

棗《なつめ》さんは、世間から天才だ、鬼才だと評価をもらっても、どこかそれらを他人事《ひとごと》のように捉えている節がある。決して謙遜などではなく、本気でなんとも思っていないのだ。

小町《こまち》さんが先ほど述べてくれた説明にも納得できるところがあった。棗《なつめ》さんには、自分の描いた絵で他人の心を動かしたいだとか、自分の絵を評価されたいとか、そういう欲望が欠落している。棗《なつめ》さん自身が語ったことではないけれど、ぼくたちは気づいている。

理由は単純だ。橘棗《たちばななつめ》という人間は、著しく共感性が低いから。

小町《こまち》さんは続ける。

「他人の心がわからんのなら、わからんままでええ。棗《なつめ》さんはこれまでの人生で他人とのズレをたくさん感じてきたやろうし、結果的にああいうふうに部屋に引きこもるようになった。せやから、誰かに影響を与えたいとか、そういう気持ちを切り捨てとるんちゃうかな。でもそれって、本来コミュニティで生活を送る人間としての原理から逸脱しとるわけで……」

そこまで聞いて、ふと思い出した風景があった。

『高校生をやってみたかったから』

棗《なつめ》さんと出会ったころ、言われた言葉だ。

正直なところ、その意図はまだわかっていない。きっとわかることはないと思っている。それが棗《なつめ》さんを『夏目』たらしめている他者との乖離《かいり》であり、決して他者と交わることのない棗《なつめ》さんの才能でもある。
「棗《なつめ》さんは……学園生活に不満はない、って言ってました」
「はよ言うてくれやぁ！　疑いが確信に変わったわ！」
小町《こまち》さんが大声をあげながら頭を抱える。ふたたび周囲から奇異の視線が集まったが、今度
はそれすら気にしていない……というか、見えていないようだった。
「バーンアウトやんけぇ！」
「バーンアウト？」
「燃え尽き症候群ってことや！　いや、定義を考えると少しズレるんかもしれんけど、とにか
く棗《なつめ》さんが描きたいものがなくなってるってことや！」
そう言われても実感が湧かない。部屋での棗《なつめ》さんの姿を思い返してみても、常にデスクの前
には座っているし、なにかしら絵を描いてはいるのだ。
そう伝えると、小町《こまち》さんはため息混じりに答えた。
「誰かにオーダーされたものを描くのと、自分の描きたいものを探すのは、また違う話やろ」
「……と言われましても」
ぼくは、自分の頭の中にあるものをそのまま現出させることはできても、頭の中にあるもの
をもとになにかを創出することができない。単純に、それを求められたことがないから、する
必要がなかった……と言ってしまえばそれまでなのだけれど、だからこそ棗《なつめ》さんが燃え尽き症

候群だったとしても、彼女の気持ちに寄り添うことは難しいと思う。

「それなら、不満に替わる新しいきっかけをつくるしかないのかな」

思わず口をついていた。

ぼくの声に、小町《こまち》さんが「うん？」と反応する。

「そら、代替策が取れるならそれに越したことはないけど……どうするつもりなん？」

「これから考える……じゃだめ？」

すると小町《こまち》さんは無言でスマートフォンを操作して、カレンダーアプリを立ち上げた。

提示されたのは初花祭《はつはなさい》の開催日。

残された時間は少ない——という事実をあらためて認識させられる。

「じゃあ、こういうのはどうかな——」

4

「「楽しいこと連想ゲ〜〜〜〜〜〜〜ム！」」

すっかり馴染《なじ》んでしまったぼくと棗《なつめ》さんの部屋、あらため『初花祭《はつはなさい》対策本部』にて、ぼくと小町《こまち》さんの声が大きく響き渡った。

相変わらずいつものようにデスクに向かっていた棗《なつめ》さんがヘッドフォンを外し、こちらに視線を向けてくる。

「楽しいこと連想ゲーム？　ふつうの連想ゲームとは違うの？」

「ごめん……ふつうの連想ゲームってなに？」

「あたしも知らないけど。やったことないし。既存のゲーム？」

「既存かどうかもわかりません……」

威勢の良《い》い返答はできなかったが、棗《なつめ》さんはふたたびヘッドフォンを着用することなく、椅子から身を乗り出してぼくと小町《こまち》さんの輪に交ざってくれた。

「ほなウチからな！　『夏休み』！　次は夜風《よかぜ》さんやで」

「それじゃ……『プール』」

「夜風《よかぜ》はプール行ったことないじゃん」

「そうだった……」

早くも綻びが露見した。あぁ……小町《こまち》さんが明らかなつくり笑いを浮かべてる……。

「……『プール』やで、夜風《よかぜ》さん」

それでも押し進むんだという明らかな『圧』を感じた。たしかに小町《こまち》さんの選択は間違っていない。これで話が巻き戻ってしまうと、棗《なつめ》さんは感心を失《な》くしてまったく聞く耳を持たなくなる可能性が高いからだ。

「それじゃあ……『人が多い』」

「せやなぁ！　プールといえば人が多いもんな！」

小町《こまち》さんが必死でフォローしてくれる。

言えない。

知識として、夏休みに人がたくさんプールに行くという実感の伴わない偏見を答えただけとはとてもじゃないが言えない。

「夜風《よかぜ》はプール行ったことないじゃん」

「そうだ……まだこの壁を突破しなきゃならないんだった……」

棗《なつめ》さんは同じ質問を重ねることに躊躇《ちゅうちょ》がないので、これは解消しなければならない問題である。以前、小町《こまち》さんは棗《なつめ》さんのこの特性に関して『他者の感情に鈍感で、かつ疑問を疑問のまま残せないからああいう感じになるんやろな』と分析していたけれど、言い得て妙だと思う。

「行ったことはないけれど、知識はあるから……」

「連想ゲームって知識だけで成立させていいの？」

「むしろそういうもんやで」

すかさず補足を入れてくれる小町《こまち》さん。どう返せばいいのかわからなかったので助かった。

棗《なつめ》さんはいつもどおり表情を変えないまま「ふうん」と呟《つぶや》く。

「そうなんだ。やったことないからわかんなかった」

突破完了。

この工程が大事なのだ。

間髪入れずに小町《こまち》さんが話し始める。

「じゃあ棗《なつめ》さんは『人が多い』やね。なんかある？」

「これって『楽しいこと連想ゲーム』だよね」

「せやけど、どうかしたん？」

「人が多いと怖いじゃん。楽しくない」

「…………………」

終わりです。

なぜ、よりにもよって壁を乗り越えた先に落とし穴が待ってるんだろう……。

「小町《こまち》は好き？」

おもむろに棗《なつめ》さんが小町《こまち》さんへと質問を投げかける。

「人が多いところ？　ウチは好きやで。お祭りとかイベントとか。にぎやかな場所ならなおさらええな。たくさん笑顔が見られるからな」

「無条件で人が多いところが好きなの？　それとも笑顔がたくさん見られるところ？」

「あー……それ言われるとたしかにな。ポジティヴなイメージしか湧かんかったけど、たしかに人が多いイコール笑顔が多いではないな。上京して初めて満員電車に乗ったときはさすがに堪《こた》えたわ。疲れた顔して乗っとる人もぎょうさんおったもんな」

「そうなんだ」

「えらい淡白な反応やなと思ったけど、そういや棗《なつめ》さんは電車乗らんのやった……」

「乗らない方法を探した結果、現在のライフスタイルに行きついたからね」

「そんなわけあるか。棗《なつめ》さんの場合、中長期的な目標を立てるのが得意じゃないから、パッと思いついた目的と、それを満たす手段を最短距離である部屋の中ですべて完結できるようにカスタマイズした結果がこれってだけやろ」

「あたしがよくわかってないあたし自身の形質をよく的確に言語化できるね」

「せやろ？　ウチは棗《なつめ》さんの友達やからな」

「そうなんだ」

「淡白！」

大げさなリアクションとともに小町《こまち》さんが笑う。つられてか、棗《なつめ》さんの表情もどこか柔らかみを帯びていた。いつも見ている顔よりもほんの少しだけ口角が上がっている。

「それに楽しいことを連想する必要ないよ。いま楽しいから」

「なんやもう棗《なつめ》さん嬉《うれ》しいこと言うてくれるやんけぇ」

「肘で他人を小突くのってポピュラーなコミュニケーションなの？」

「ごめんて……」

フランクな絡《から》みかたを試みたらしい小町《こまち》さんがしゅんとして棗《なつめ》さんのもとから離れる。

……あれ？

先ほど棗《なつめ》さんの口から漏れ出た言葉を反芻《はんすう》して、思い至る。

いま楽しいから。

「……棗《なつめ》さん、いま楽しい？」

そこで小町《こまち》さんもハッと表情を変える。ぼくと同じ結論に至ったらしい。

「楽しいよ。なんで？」

「棗《なつめ》さんから出てくる言葉としては珍しいなって」

「そう？　でもたしかに直截的《ちょくせつてき》に楽しいって誰かに伝えたことはないかもしれないね。あたしの中の楽しい感情が他人と共有できているかわからないから一方的に楽しいと伝えても伝わるかどうか不安になるし楽しいという感情を得た直後に不安を感じたくないからわざわざ言ってなかっただけなのかもしれないね」

ぜんぶ聞き取れたのになにもわからなかった。

ただ、棗《なつめ》さんが楽しそうなのは伝わってくる。

そして——それこそが問題なのである。

口火を切ったのは小町《こまち》さんだった。

「棗《なつめ》さんにとって『楽しい』って感情は……なにかをつくる原動力にはならんか？」

「うん？」

　わかりやすく小首をかしげる棗《なつめ》さん（表情は変わらないままだったけれど）。ふだんジェスチャーで意思疎通を図るタイプの人ではないのでバランスの悪い電柱みたいな姿勢になっていた。

「せやから……ええと……なんて言ったらええんやろ……」

「あたしが楽しいと思ったときに楽しいって感情をもとに絵を描けないかって意味ならあたしは楽しいと思いながら絵を描いた経験がそんなにないからやってみたことがないだけで何度か経験したら案外できるのかもしれないしそもそも楽しいって気持ちをもとになにかをつくろうとしたことがなかったからわかんない」

「なるほど理解した！」

　理解できたんだ⁉　という本心は事態の混乱を防ぐべく胸の内にしまっておいた。

「つまり不可能か可能かがまだわからんって話やな？　ということは『楽しいこと連想ゲーム』で発想を膨らませた先で、なにか棗《なつめ》さんの頭にひっかかるかもしれんってことやな？」

「そうなんだ」

「そうかもしれんねん」

「ふうん」

　棗《なつめ》さんの淡白な反応に、相変わらず他人事《ひとごと》だなぁ……とぼくは思ったけれど、小町《こまち》さんは優しい口調で寄り添う。

「ピンときてないのは棗《なつめ》さんが自分で言うたとおり、経験してないからとちゃうかな？」

「そうかな」

「棗《なつめ》さんは他人の気持ちなんてわからへん、わからへんもんを考えてもしゃあないって割り切ってると思うんやけど、ふつうはわからへんもんやで」

「ふつう？」

「せや。ふつうや」

「そうなんだ？」

「もちろんウチも本質はわからへん。推測しとるだけや。相手はこういう属性で、こういう考えかたをする人で、せやからこういう人はこういうことを思っとるやろ——そういう推理を組み立てて過ごしとる。大概の人がそうやねん。そういう推測が集合意識になってつくられるのが連想であり『あるある』やねん。せやから棗《なつめ》さんも、深いこと悩まんと楽しいことをつなげてみたらええねん」

「そっか」

言葉巧みに棗《なつめ》さんの言葉からひとつずつ丁寧に意味を紐解《ひもと》いていく。

心なしか、固まっていた表情がほころんだように思えた。

「でも『楽しいこと連想ゲーム』が1周していない現状で発想につながるのかな」

「ぐぅ……」

完全論破の瞬間を目撃してしまった。
ぐうの音を実際に出す人いるんだ……と思ったけれど、そういえば以前ぼくも何度か出していた気がするので、これも胸の内に留《とど》めておいた。

5

「バーンアウトォ？」

皐月《さつき》さんに相談したところ、信じられないといった反応が返ってきた。

「『夏目』がバーンアウトねぇ……それ合ってんの？　ぜんぜん想像つかねぇんだけど。そもそもあのペースで新しい作品を生み出し続けてること自体がおかしいんだよ。あんなカロリーの高い作品群をポンポン捻《ひね》りだせるならマジで機械じゃねぇかと疑いたくなるんだが」

「そうは言っても……前までの棗《なつめ》さんと様子が違うのも、また事実なわけで……」

「アイデアが行き詰まることなんて誰にでもあるだろ。四六時中ずっと頭脳労働してるようなもんだし。手が勝手に作品を生み出してました、なんて言われた日にゃいよいよこっちの立場がなくなるわ」

朱門塚女学院《しゅもんづかじょがくいん》に唯一残っている、屋外の喫煙所。アクリル板で仕切られた空間にもくもくと紫煙を立ち昇らせながら、皐月《さつき》さんはひと息に口にした。

煙を浴びない程度に距離を取っているものの、その声は明瞭に耳に入ってくる。

「皐月《さつき》さん、アイデアが出ないとき、クリエイターはどういうことをすればいいと思う？」

「身体《からだ》でも動かしゃいいんじゃねぇの？　とある著名なサウンドクリエイターが講演会で言ってたぜ。アイデアが出ないときはスイミングしたりランニングしたりするってよ。気分転換すれば新しい発想が湧いてくるきっかけになるんじゃね？」

「ちなみに皐月《さつき》さんはどんな対策を取ってるの？」

「なるべく頭脳労働をしないように立ち回って、行き詰まらねぇようにしてる。だから実体験を語れねぇ。いまみてぇに伝聞をそっくりそのまま話すことしかできねぇよ」

教師は頭脳労働じゃないのだろうか……と思わなくもないけれど、本人がそう言うのだからしかたない。考えること多いはずなんだけどなぁ……。

「せっかくの提案なんだけれど、ひとつ問題があって」

「橘 棗《たちばななつめ》は外に出られない、だろ？」

「わかってて言うんだ……」

「ずっと部屋に籠って作品を生み出し続けてる怪物にどうやってアドバイスすんだよ」

「それを考えるの、頭脳労働っぽいね」

「だろ？　そして私は頭脳労働を拒否してる」

端的に言えば詰みだった。

「ほかにもいろいろあるけどなァ。私が聞いた話だと、部屋で黙々と筋トレしたり、ぶら下がり健康器にずっとぶら下がってたり、ヘッドスパ受けたり、ストレッチしたり、気が済むまでずっと歯磨きしたり、半身浴したり……橘《たちばな》棗《なつめ》に合った方法を試してみればいいんじゃゃね？」

言われてみればその通りだ。

十把《じっぱ》一絡《ひとから》げではない、十人十色。

アイデアが降りてこない、筆が乗らない、着想に違和感がある……経験のないぼくでも、人が当然に突き当たる問題だということがわかる。もちろん対策だって人それぞれ。

「ありがとう。いろいろ試してみる。棗《なつめ》さんが壁に突き当たっているのを間近で感じて、ぼくも動揺してしまって」

「壁かァ。まぁアレだ。壁を感じたときに、それを乗り越えるのか、迂回《うかい》するのか、引き返すのか、それとも突き破るのか……それもまた人それぞれだってことだなァ」

「……なんだか、人生訓みたいだね」

「いまのは教師っぽかっただろ？」

「うん。だからせめて教師っぽい姿で言ってほしかった」

部屋に戻ると、棗《なつめ》さんが大の字でベッドに倒れ込んでいた。

疲れてそのまま眠ってしまった――というよりは、ひとまず目の前の問題から逃避した先にベッドがあった、という様子に見える。

「棗《なつめ》さん、起きてる？」

「死んでる」

「大変だ」

どうやら予想は正しかったらしい。ベッドに腰かけると、うつ伏せになった棗《なつめ》さんが顔だけこちらに向けてくる。

「あえて聞くね。初花祭《はつはなさい》の作品、思いついた？」

「思いついたらあたしは横になってない」

「場合によるでしょ……」

軽口を返しつつ、皐月《さつき》さんのアドバイスに基づいて提案してみる。

「なにか、ぼくが力になれることはある？　こういうとき、スイミングしたり、ランニングしたりするのが効果的っていう話は聞いたけど」

「…………」

「『頭でも打った？』とでも言わんばかりの視線をよこすのはやめてくれない？」

「ルームランナーを買えって言ってるの？」

知らない単語だったので尋ねると、どうやら室内でランニングするための機械らしい。指定した速さでコンベアを等速で動かしつつ、一定間隔で走れるみたいだ。

「てっきり『あたしが外に出られるとでも?』って却下されるかと思っていたから、外に出られない問題を無理やり解消する手段ごと否定してくるとは思わなかったよ……」

「ランニングだけじゃなくて、室内で水泳できる機械もあるみたいだよ。ジェット水流を起こして流れに逆らいながら泳ぐやつ」

「仮に設置したとして、部屋が大惨事になりそうだね……」

「夜風《よかぜ》があたしの水着を見たいのなら話は別だけど」

「その文脈だと、棗《なつめ》さんがぼくに水着を見せるためなら水泳に興じてもいい、って言ってるように聞こえるね……」

「見せ慣れてる人にしか見せられないよ」

「そうだった……」

この人、入浴後にあられもない姿で部屋をうろつく人だった……。

「ほかにも、ヘッドスパとか、ストレッチとか、身体《からだ》を動かすことで気分転換になるかもって話を聞いたけど……」

「マッサージして」

「それならお安い御用かもしれない」

棗《なつめ》さんはうつ伏せになっているのでちょうどいい。ぼくはベッドを移動して、棗《なつめ》さんの全身を見下ろす位置に立った。

「ずっと座ってるものね。どこか痛むところはある？」

「首の裏と足の付け根がここ3年くらいずっと痛い」

「絶対に整骨院に行ったほうがいいと思うんだけど……難しいよね」

棗《なつめ》さんがいつも腰かけている椅子は、聞いたところによるとかなりの高級品だそうで、自由自在にリクライニングできるし、身体《からだ》をほぐすために一部が振動したりもする。それでも、1日のすべてを椅子かベッドの上で過ごしている彼女の身体《からだ》が固まっていないはずもなく……。

「かったぁ！」

背中に触れた瞬間、声をあげてしまった。

「女体に触れた感想としては最悪だと思う」

棗《なつめ》さんが苦言を呈するも、こちらとしては素直な感想を述べるしかない。

「かたすぎて甲羅かと思った……」

「あたしは亀じゃないよ？」

「…………」

知っているけれど、比喩の理解にラグがある棗《なつめ》さんに説明するのも野暮なので、無言で固く強張《こわば》った背中の筋肉を押していく。

ぐっ、と力を込めた瞬間。

「あんっ」

なまめかしい声が耳に届いた。

「……あの……やっぱりやめようか……？」

「なんで？　気持ちいいよ？」

「…………」

それもどうなんだろう。

なんとか着想につながればと、力になれることはなんでも手伝おうと思っていたのは間違いなく本心だ。視野狭窄《しやきようさく》になっていたのかもしれない。

棗《なつめ》さんの身体《からだ》に直接触れて、指圧している。

結果として棗《なつめ》さんがあられもない声をあげている。

この構図、不健全なのでは……？

「ねえ、もうちょっと下。足の付け根」

悶々《もんもん》としているぼくをよそに、棗《なつめ》さんは遠慮なくリクエストしてくる。

「それはちょっと……」

「なんで」

「いくら棗《なつめ》さんが気にしなくても、デリケートな部分を触るのは……」

「デリケート」

反復する棗《なつめ》さん。

どんな反応が返ってくるのかとそわそわしていると……。

「どうしよう」

予想と異なる言葉が返ってきた。

動揺してる……？

「どうしようと言われても……」

「夜風《よかぜ》が男性だと失念してた」

「…………」

「正確に言えば、夜風《よかぜ》が男性だということは理解していて、ふたりの間に性差があることを忘れてた。あたしが女性だからという理由で夜風《よかぜ》が異性の身体《からだ》に触れることに抵抗感を持つ可能性がすっぽ抜けてた」

……素直に、心外だった。

「どうしよう。人生で誰かに身体《からだ》をほぐしてもらったことがないから自分では伸ばせないところを頼もうと思ったのに夜風《よかぜ》の性別を忘れてた。でもあたしの身体《からだ》はマッサージを受けるモードに入ったから自分ではもう動けないし身体《からだ》の期待を裏切ることになる。あたしの意思はよくないと警鐘を鳴らしてるのにこのまま動けない。詰んでる？」

「……身体《からだ》を起こすの、手伝ったらいい？」

「少しだけ待って」

棗《なつめ》さんはしばらく沈黙して、呟《つぶや》いた。

「決めた」

「……なにを？」

「夜風《よかぜ》の性別を忘れることにした。あたしが夜風《よかぜ》の性別を」

「………」

本意ではない。

でも、埒《らち》が明かない。

「ひぃんっ」

心を殺して、リクエストに応えた。

……身体《からだ》と同時に棗《なつめ》さんの心もほぐれて、新たな発想が生まれてくれればよかったのだけれど、残念なことに「またお願いするね」と困る宣言を受けただけで、棗《なつめ》さんの様子は大きく変わらなかった。

6

救いがあったとすれば、棗《なつめ》さんが決して無気力ではなかったことだ。

結果として、燃え尽き症候群ではなかった……ということになる。

『初花祭対策本部《はつはなさい》』の発足からしばらく経過して、彼女はこんなことを口にした。

「とりあえずスイッチ入れられないか試してみる」

「スイッチ？」

「あるじゃん。頭の中のスイッチが入る瞬間」

「当然のようにそんなこと言われてもわからんて。まあ、『やる気スイッチ』って言葉はすでにポピュラーなもんやと思うけど」

「スイッチが入った後、歯車みたいなのが動き出す感覚があるでしょ？」

「ウチの脳はそんなスチームパンクなつくりにはなっとらんねん」

「小町《こまち》の頭って蒸気機関なんだ」

「せやねん。せやから感情が昂《たかぶ》ったときに脳天から湯気が出てくるし身体中《からだじゅう》の水分が抜けてスルメみたいな肌になんねんって答えられるくらいウチに余力があってよかったな！」

「そうなんだ」

「なにに納得したん⁉」

そうした会話の応酬の中でも、棗《なつめ》さんはデスクから離れず手を動かそうとしていた。てっきり受けた依頼を進めているのかと思っていたけれど、本人いわく『仕事を絞って初花祭《はつはなさい》のために時間は空けている』とのことだった。

棗《なつめ》さんは見えている世界をそのまま作品にぶつけるクリエイターで、だからこそ明瞭に世界が見えないとそもそも筆が進むわけがない。棗さんと生活を同じくして、かつ小町さんというパイプ役の通訳をもとに、そうした背景は理解している。理解しているからこそ、棗《なつめ》さんの口から出た『スイッチ入れられないか試してみる』という言葉の意外性を実感した。

筆を執っているのが当たり前の人間が、筆を執るために努力しようとしている。

そこにある葛藤を、ぼくは知らないし、知ることができるとも思えなかった。

小町《こまち》さんが口を開く。

「棗《なつめ》さん、どんな食べ物が好きやったっけ？」

「香味野菜がたくさん入ったパスタ。トマトベースのやつ」

……そうだったっけ？

思いがけない返答にぼくが困惑してしまう。しかし小町《こまち》さんは特に表情を変えず、にこやかに語りかけ続ける。

「好きな音楽は？」

「ジェント」

「おすすめのバンドある？」

「ペリフェリー」

「好きなタイプは？」

「みず・ドラゴン」

「前に聞いたときとぜんぜんちゃうやん」

「そうなんだ?」

ぼくの抱いていた違和感にようやく小町《こまち》さんが触れてくれたけれど、どうやら棗《なつめ》さんは過去の発言との矛盾を認識していないらしい。本人が短期記憶を苦手としているのはもちろん知っているけれど……。

「ちなみに、前に聞いたときは好きな食べ物がかにかま、好きな音楽はブラックメタル、おすすめのバンドはクレイドル・オブ・フィルスって答えてたで」

「奇遇だね。あたしも好きだよ」

「そういうことちゃうねん」

首をかしげる棗《なつめ》さんに、小町《こまち》さんはなおも優しく言葉を続けた。

「生きてたら趣味とか嗜好《しこう》が変化するのは当たり前やねん。棗《なつめ》さんは朱門塚《しゅもんづか》に入ってから、夜風《よかぜ》さんと生活をともにして、いろんなことを感じて、棗《なつめ》さんなりに吸収したやろ? それが好きなものに影響するのは当たり前やと思うねん」

「そうなんだ」

棗《なつめ》さんの表情は相変わらず変わらないけれど、その口調にはどこか納得感が滲《にじ》んでいるように感じられた。

「過去の棗《なつめ》さんと現在の棗《なつめ》さんは違うし、たぶん未来の棗《なつめ》さんも違う。であれば、いちばん大事にするべきは現在の棗《なつめ》さんで、いま、この瞬間に感じていることを形にするのが良《い》いと思うんや。もちろん、過去と違うわけやから作品をつくるにあたって異なるアプローチが必要な可能性もある。というか現状、棗《なつめ》さんの筆がストップしとるわけやから、別の方法を試してみるのもアリなんちゃうかなと思う」

「そう――」

意外なことに、棗《なつめ》さんは考え込むような仕草を見せた。

そして口を開く。

「そうなんだ」

発した言葉は先ほどと変わらない。

どういった変化が棗《なつめ》さんの中に起こっているのか、正確に把握することもできない。

けれど、小町《こまち》さんの思考を浴びたことによって、なにかしら棗《なつめ》さんの内面が変化を受けたことは察せられた。

「たしかに夜風《よかぜ》がつくってくれるパスタを食べるまではパスタに対して特に感情は湧かなかった気がするね」

「へぇ…………へ？」

ぐるん、と勢いよく小町《こまち》さんがぼくのほうを向いた。

かと思えば、すぐさま棗《なつめ》さんに視線を戻す。交互にぼくたちの顔を見ていた。

「もしかして、好きな食べ物って夜風《よかぜ》さんの手料理のこと答えてたん？」

「そうだよ。夜風《よかぜ》しかトマトベースの香味野菜がたくさん入ったパスタつくらないじゃん」

「全世界の料理人に謝れ！」

「ごめんなさい」

「謝らんでええわ！」

　ツッコミの勢いそのままに、小町《こまち》さんがぼくを捕捉する。

「ていうか夜風《よかぜ》さん、どこで料理してるん？」

「寮のキッチンスペースですけれど……」

「あの空間を活用してる人初めて見たかもしれん。ていうか食堂あるやん」

「開いているときはもちろんわたくしが食事を運びますけれど、棗《なつめ》さんは食欲と睡眠欲の優先順位が不安定なので、深夜に『お腹《なか》が減ったからなんかつくって』と要求されるんです」

「それってあらかじめ食堂から持ってきた食べ物を温めなおす、とかではあかんの？　ていうか大半の生徒がそうしてると思うねんけど。ウチも含めて」

「夜風《よかぜ》がつくったものならなんでもいいって毎回オーダーされるんです……」

「つまり必要条件は『夜風《よかぜ》さんがつくった料理』なんやな……」

　そこに棗《なつめ》さんが言葉を差し込んでくる。

「夜風《よかぜ》がつくったものを食べているうちに夜風《よかぜ》がつくったものが好きになってた」

「…………………」

「…………………」

そう言われてしまうと、こちらとしては返す言葉もない。

小町《こまち》さんもやや間を置いてから「それならしゃあないな……」と納得したようだった。

「そんなに美味《おい》しいならウチも食べてみたいなぁ、夜風《よかぜ》さんの手料理」

「手料理といっても、同じものばかりつくってますよ」

「棗《なつめ》さんが気に入っとる味がどんなんか知りたいし？」

「なんの変哲もありませんが……」

自然な会話だと思う。

しかし、そこで棗《なつめ》さんが声をあげた。

「あれ？」

その反応に、ぼくと小町《こまち》さんがアクションを起こす前に、棗《なつめ》さんはタブレットに向かってペンを走らせ始める。描き始めたのは、輪郭すら感じ取れないような線の羅列だった。

しばらくその様子を見守っていると、やがてエンジンが停止したかのように棗《なつめ》さんがぐったりと椅子に身を預ける。小町《こまち》さんが心配そうに声をかけた。

「どうしたん？」

「なんか……」

「なんか？」

「なんか……なんだろう……」

棗《なつめ》さんはしばらく黙りこくった後、ふたたび口を開いた。

「なんか、嫌だなって思った。そしたら降りてきた気がした」

「ウチ、気に障《さわ》ること言ったか？　なんやろ、さっきノリで大きい声出したんがあかんかったんかな？　ごめんな？」

「ううん、そうじゃなくて。小町《こまち》が夜風《よかぜ》の料理を食べたいって言って夜風《よかぜ》が小町《こまち》に料理を食べさせることに抵抗感がなくて、抵抗感がないのは当然だし小町《こまち》が夜風《よかぜ》の料理に興味を持つのも当然の流れだと頭では理解してるんだけど、理解していることの裏で感情が波立った気がしちゃって、いま感情に波が立ったなと思った瞬間にスイッチが入りかけたような感覚が降りてきたから見えたものをスケッチしようとしただけ。でも走り切れそうになかったからいったん切り上げてみた」

「それって……」

小町《こまち》さんは少し逡巡《しゅんじゅん》した後に、事態をまだ理解できていないぼくに視線を向けてきた。当然ながらこちらから取れるアクションはない。

「……夜風《よかぜ》さんと別で話したほうがええかと思ったけど……いや、これはむしろ棗《なつめ》さんにも一度聞いてもらったほうがええな」

「そうなんだ」

「なんのことですか？ ウチの言うてることが見当外れなもんやったら遠慮なく言ってほしいんやけど」

ややあって、小町《こまち》さんは先を続けた。

「たぶん……棗《なつめ》さんは嫉妬したんとちゃうかな。ウチが夜風《よかぜ》さんの料理を食べてみたいって伝えて、夜風《よかぜ》さんが拒むことなく受け入れた。でも『夜風《よかぜ》さんがつくる料理』っていうのは棗《なつめ》さんの中で特別なもんで、自分の領域にあるもの。そこに他人であるウチが足を踏み入れようとしたことで『自分だけのものだったのに』という感情、つまり嫉妬というネガティヴな気持ちが生まれて、それが一瞬だけ棗《なつめ》さんに火を点《つ》けたんちゃうかなと思ったんやけど……」

この一瞬でどこまで読んだんだろう……。

そう思うと同時に、ぼくのつくった手料理が棗《なつめ》さんにとって特別な意味を有していた可能性があるという状況に少し困惑してしまった。そんなことがあるのだろうか……？

「小町《こまち》は他人じゃないよ。こっち側だから」

「たしかにウチも棗《なつめ》さんの領域の中におるんかもしれん。けど、肉体が別々で、異なる意思を持っていて、違う行動をしていれば、それはたしかに他人やねん。概念の話じゃなくて、あくまで肉体面および精神面の話やけどな」

「そんなことある？」

棗《なつめ》さんも同じ疑問を口にしていた。

本人にわからないのなら、もちろんこちらもわからない。

「たぶん棗《なつめ》さんは根本的に自覚しとらんし、あくまで外野の意見として軽く受け止めてほしいんやけど……棗《なつめ》さんが描き出す作品が『風刺』と定義されて、観賞している人間のネガティヴな部分に刺さっているという事実があるやん？　そこにあるのは共感やろ？　つまり……」

小町《こまち》さんが丁寧に敷いたレールの上を、棗《なつめ》さんがなぞっていく。

「あたしが抱いた暗い感情が作品に反映されてる？」

「ウチの推測やけどな」

「でも小町《こまち》は間違ったことを言わないからたぶん合ってるんだろうね」

「荷が重いわ！」

小町《こまち》さんが張った声が、部屋の中に立ち込めていた神妙なムードを断つ。

「でも、たしかにあたしが抱いた『嫌だな』っていう直感に名前を付けるなら、それは『嫉妬』になるのかもしれないね」

「詩的な表現やなぁ……ていうか、棗《なつめ》さんって他人に嫉妬することないん？」

「他人と関わらないからよくわかんない」

「それってたぶん……幸せなことなんやろうな」

「でも嫉妬から作品を生み出せないコンプレックスはあったよ。あるんだね。よかった」

「自分が他人に嫉妬していることを喜ぶ人間がいるなんて思わんかったわ……」

結局、棗《なつめ》さんが自らの抱く感情に気づいただけで、この日の『初花祭対策本部《はつはなさい》』の活動は打ち切りとなった。

結論を述べると、その後も棗《なつめ》さんの筆は乗らなかった。

これにより、立てた仮説がはっきりしてしまう。すなわち、棗《なつめ》さんの原動力は、楽しさでも嬉《うれ》しさでもなく、人間として当然に、無意識に抱いている悪感情なのだと。

7

「…………うん？」

ある夜、髪を乾かし終えて床につこうとしたぼくの耳が、棗《なつめ》さんの呟《つぶや》きを捉えた。

「どうしたの？」

「新しい依頼が来てるっぽい？」

「ぼくに聞かれても」

「聞いてるわけじゃなくて、依頼文なのか挨拶文なのか感想文なのか暗号文なのかが文字列から読み取れないだけ」

「とんでもない文章が送られてきたってことだけは察した」

「送信元のアカウントを見る感じ、法人っぽくはないんだよね」

「アカウント……？　イラストの依頼だよね？」

「そう。インスタのＤＭ」

「ソーシャルメディアのダイレクトメッセージで仕事くるんだ……」

「ビジネスメールのやりとりは苦手。リマインダー設定してないからたまに見落とすし、新しい作品を投稿するときとか、手掛けた仕事の報告をするついでにメッセージ見て、新しく依頼が来てたら応対して、っていうワークフローのほうが楽」

「フローって呼べるほど仕組み化されてない気がするんだけど……」

「じゃあ今度から夜風《よかぜ》が代わりにあたしの依頼チェックして」

「一般人が当たり前に持っているとされるスマートフォンですら最近使い始めたばかりのぼくに高度なデジタル作業を求めないでほしいんだけれど……」

「この程度の操作が高度？」

「鼻で笑われた！」

「これ見て」

棗《なつめ》さんはなにごともなかったかのようにパソコンのディスプレイを指し示す。提示された箇所に目をやると、『あらためてご連絡さしあげます』という緒言の文字列が目に入った。なるほどSNSのメッセージ画面はこういう感じか……と新鮮な気持ちで本文に目を走らせ、音読する。

「この度は『夏目』様に絵画制作の新規依頼をお願いさせていただきたく存じ上げます。内容としましては『夏目さんの私生活』をテーマとして自由に描いて——」

「まずそこが変だよね。こういう依頼って、だいたい絵の用途について触れて、その後に金額交渉に入るけれど、この文面だとまるで課題を出されているみたい」

「そう言われれば、そうだね」

棗《なつめ》さんと関わるようになり、またスマホを手にしたことで、『夏目』の作品がどのように用いられているのかをきちんと知るようになった。ミュージックビデオのイメージイラストや商品の広告素材などに使われているのが主で、そこには棗《なつめ》さんの言う通り、意図や目的がきちんと設定されているはずだ。

「というか……『あらためてご連絡さしあげます』って書かれているということは、前にもこのアカウントとやりとりしたことがあるの？」

「忘れてたけど、あるっぽいね。というか前の連絡を無視してたみたい。あたしが」

「……それって、いいの？」

「いいわけないよね」

「そうだよね……」

苦笑いを浮かべながら、あらためて文面を見やる。

……なぜだろう、どこか既視感がある。

同じような文章を見たわけではない。しかし、無機質なビジネスメール（メールではないけれど）が、聞き慣れた音声を伴って脳裏に響いてくるような感覚があった。

「そういえば、前に送られてきたメッセージにも気になるテキストがあったんだよね」

そう言って、棗《なつめ》さんは画面を操作し、メッセージ画面の履歴を辿《たど》る。

「ほら、ここ」

「ここって言われても――」

ぼくは声を失った。

適切な言葉が出てこなかったわけではない。

一切の誇張なく、ほんとうに言葉が出なかった。


――いつも弟がお世話になっております。


『面倒なことになった。風音《かのん》が日本に帰ってきてやがる』

脳裏に、皐月《さつき》さんの声が反響した。

「風音《かのん》……？」

「カノン？　どのカノン？　音楽用語？」

「……ぼくの姉の名前。双子の」

「花菱《はなびし》宗家の人間って、名前に『風』の文字が入ってるんじゃないの？」

「風に音と書いて、風音《かのん》」

「なるほど、命名規則を満たしているわけだね」

納得した様子の棗《なつめ》さん。

しかし、ぼくの心の乱れはどんどん大きくなっていくばかりだった。

「でも……どうして棗《なつめ》さんに風音《かのん》が……？」

「不思議な話だね。弟と共同生活を送る人間とやりとりしたかったのかな。ああでも夜風《よかぜ》は花《はな》菱《びし》家の人間としてはややこしい立場なんだっけ」

「そうだけど……でも、よくわからなくて。風音《かのん》はなにをしようとしているんだろう」

「あたしに絵を描かせようとしてるんじゃないの？」

「なんのために？」

「双子パワーでわからないの？　以心伝心的な。ああでも二卵性双生児なんだっけ。性別から違うからそりゃそうか。じゃあ双子パワーってなんだろう？」

「………………」

ひとりでつらつらと思考を音にし続ける棗《なつめ》さんをよそに、ぼくは風音《かのん》の行動に隠された意図を読み解こうと試みた。

けれど……わかるはずもない。

ぼくと風音《かのん》は双子だけれど、それだけだ。小町《こまち》さんが以前口にしていた。肉体が別々で、異なる意思を持っていて、違う行動をしていれば、それはたしかに他人である。だからぼくが、他人である風音《かのん》がどういう行動規範を持っているのかを知ることができない。裏を読み解けるほど風音《かのん》のことを理解しているわけでもない。ぼくと風音《かのん》はそれぞれ男性と女性であり、花菱《はなびし》家においてその性差は生きかたを決定づける違いだから。風音《かのん》の意思を類推するための手札が、ぼくの人生の中にまったく揃《そろ》っていない。

「あれ、また来た」

ぐるぐると思考の渦に閉じ込められているぼくの耳に、棗《なつめ》さんの声が届いた。

どうやら新たなメッセージを受信したらしい。今度は棗《なつめ》さんが音読する。

「つきましては、一度どこかで直接お話しする機会をいただけませんでしょうか。『夏目』様が他者との接触を最低限に留《とど》めているとのことは関係者から聞き及んでおりますので、ご都合の良《い》いロケーションに私が合わせるかたちを取れればと存じております——どういうことだろ」

「……関係者ってことは、たぶん……皐月《さつき》さんだね」

「花菱皐月《はなびしさつき》。あたしたちの担任だね。夜風《よかぜ》の親族でもある。あたしは会ったことないけど」

「それにしても……風音《かのん》が、棗《なつめ》さんと直接話そうとしているのはどうしてだろう。なにもわからない……そもそも棗《なつめ》さんは外に出られないから、実現できる話ではないけど……」

今度はぼくが棗《なつめ》さんのように、とりとめのない思考を口から垂れ流す番だった。

「ふうん」

ぼくの様子をずっと眺めていた棗《なつめ》さんが、ぽつりと呟《つぶや》く。

「なくはないよ、直接会う方法」

「……でも、棗《なつめ》さんは外に出られないでしょ？」

「じゃああたしはどうやって実家から学生寮に入れたと思う？」

「……あれ……？　そういえば、どうやって？」

「簡単な話だよ。でも、実行するためには夜風《よかぜ》の協力が必要になるけど」

「ぼくが手伝えること？」

「うん」

即答する棗《なつめ》さん。

「だから、ほんとうにあたしが必要だったら、そのときは言ってくれたらいい。あたしは夜風《よかぜ》がどういう人生を送ってきたのかを伝聞でしか知らないし、夜風《よかぜ》がどういう気持ちでこの場所にいるのかもちゃんと理解しているわけではないけど、夜風《よかぜ》といっしょに暮らすようになってからあたしの日常が前よりも良《い》いものになったのは間違いなくて、この日々を少しでも長く続けるためなら夜風《よかぜ》の身に降りかかっている問題はなるべく解決しておきたいから」

相変わらず、内容のまとまっていない冗長な言葉。

しかし、今回はすべて聞き取れて、意味も理解できた。

だから端的に伝える。

「……ありがとう」

「うん」

風音《かのん》が――双子の姉が、なにを考えているのかは推理できない。

できないのならば、直接聞きただすしかない。

本来、この朱門塚女学院《しゅもんづかじょがくいん》に入学していたのは風音《かのん》であるはずだった。しかし、風音《かのん》はぼくを残して花菱《はなびし》家を去り、結果としてその穴を補塡するかたちでぼくが身代わりとして入学することとなった。

なによりも不安なのだ。

開いていた穴が埋まると、ぼくの居場所はどうなるのか。

それを言いしれない不安を感じるほどに、ここで過ごす日常は尊いものだった。

第三幕・前　「かわして」

I will inspire your insipid days.

1

「私は甘かったのかもしれねぇな……」

いつもの面談室にて、皐月《さつき》さんが頬杖《ほおづえ》をつきながら語るのを、ぼくはなんとも言えない気持ちで聞いていた。

「こないだ風音《かのん》と少しだけ会って話したとき、どうして日本に戻ってきたのかっつう一点を探っちまった。あいつは『やりたいことが見つかった』って笑ってて、私はそれが本心なのかどうか確信を得ようとした。でも違うんだよな。風音《かのん》の口から出る言葉はいつも飾りだ。言葉から選択肢が分岐しねえんだ。私がやるべきことは『日本に戻ってきた理由』の先にある風音《かのん》の意図を考えることだったんだ」

皐月《さつき》さんには珍しく、ぼくに聞かせるというよりも、過去の自分に向けて届かない助言をしているような……まるで独白に近い内容だった。

「相手がなにを考えているのかはわからない。誰だってそうだ。だからふつうの人間は経験に基づいて予測を立てる。推測で話す。推測を徐々に確信に近づけていって断定に変える。そんなふうにめんどくせぇことを高速で処理する。それがコミュニケーションだ……でも、当然ながら誰しもがそんなめんどくせぇ処理をエラーのないまま執り行えるはずがない。だいたいそういう場合は主張の根本を見定めて適切に会話を交通整理すりゃいいんだが……そもそも対話自体を拒否して、すべて自己完結して、どんな魔法を使ってるのかすべてうまい方向にもっていく怪物がいるんだよなァ……それもなんの因果か、私たちの身内に」

「確信が無くてもいい。推測でもいいから……皐月《さつき》さんの考察を聞かせてほしい。風音《かのん》はなにを考えてるんだと思う？」

「なにも考えてねぇ、に一票」

「……ふざけてないで、真面目に答えてほしいんだけど」

「ふざけてねぇよ。はじめから」

ぼくの問いかけに、皐月《さつき》さんはため息をついて答えた。

「双子の弟と生活をともにしているのがどんな人間なのか気になったのでちょっかいをかけてみた……くらいの理由だとしたらどう思う？」

「……風音《かのん》が突拍子もない行動を取りがちなことは知っているけれど、それにしたって突拍子

なかったじゃん」

「そうかァ？　あいつってそういうとこあるぞ？　だいたい、海外に行った理由もよくわかんなかったじゃん」

言われてみればそうかもしれない。朱門塚女学院《しゅもんづかじょがくいん》で日々学生生活を送るなかで、風音《かのん》が実家のお屋敷《やしき》を去るときに口にしていたなにかしらの言葉を、ぼくはすっかり忘れている。

ぼくは一度見たものを忘れない。ということは、少なくとも映像として見たわけではない。文字に起こさず、直接面と向かって対話したわけでもなく、ただぼくの耳に入れただけ。

ぼくの性質を知っている風音《かのん》が、あえて『ぼくが忘れる前提』で音声情報のみを伝えていたのだとしたら……覚えていないことにも納得できる。ぼくが仮に覚えてしまっていたとしたら、後々矛盾点が出てきたときに話の整合性が取れなくなるから。

「そうは言うけれど……じゃあどうすればいいかな？」

「……少なくとも、私にはわからねぇってのが事実だ。でも……可能性として、わかるやつがいるかもしれねぇ」

「それって……」

「ああ、もちろん――」

ぼくと皐月《さつき》さんの声が重なる。

「棗《なつめ》さん」「夜風《よかぜ》」

重なったが、回答は揃《そろ》わなかった。

「なんで橘棗《たちばななつめ》の名前が出てくるんだよ」

「どうしてぼくの名前がそこで出るのさ。風音《かのん》のことはわからないって何度も伝えているはずなんだけど？」

「なんだかんだ言っても言語化できない深層心理でつながってたりしねぇの？」

「そういうテレパスみたいな能力は持ってないよ」

「逆に、橘棗《たちばななつめ》を挙げるほうがおかしくね？　まったく別人じゃん」

「棗《なつめ》さんは……どこか風音《かのん》に似てるから」

「わかんねぇ……一度も会ったことねぇからなんとも言えねぇ……本来、高校1年生を担当している担任教師としてはほぼありえねぇシチュエーションなのは理解してるが、なんとも言えねぇ……」

皐月《さつき》さんはそう漏らしつつ頭を掻《か》く。

「どのへんが似てるんだ？　顔か？」

「まさか。似てないよ」

「だから知らねぇんだって橘棗《たちばななつめ》の顔」

「名簿の管理してないの？」

「ほかの学校ではどうか知らねぇけど、朱門塚《しゅもんづか》にはそういうの無ぇの。あんまり詳しくは知らんけど、ちょくちょく生徒が脱落するからじゃね？」

「とんでもない環境だね……」

「そのとんでもねぇ環境で、お前はまさに学生生活を送っているんだけど？」

「……穂含祭《ほふみさい》は棗《なつめ》さんのおかげで乗り越えられたようなものだから」

話を本題に戻す。

「お屋敷《やしき》にいたころに感じていた、風音《かのん》の言動が、どこか棗《なつめ》さんに重なる気がするんだ」

すると皐月《さつき》さんは苦虫を噛《か》み潰《つぶ》したような表情を浮かべる。

「マジで？　橘棗《たちばななつめ》ってアリがカマキリの死体を巣に運んでいくところずっと見てたり鳴いてるセミが力尽きるまで観察してたりするの？」

「風音《かのん》ってそんなことしてたんだ……」

たしかに、お屋敷《やしき》の軒先でずっとなにかを眺めていることが多かった気がするけれど。風音《かのん》は私生活の時間をかなり制限されていて、自由に行動できるタイミングがかなり限られていたので、なにも考えずにそうしているのだと思っていた。

「親族会議のときにそんなこと話してたなァ。素直に『なんだこいつ？』って思った」

「ぼくの知らないところで妙なやりとりがあったんだね……」

「ちなみに夜風《よかぜ》と初めて会ったときも『なんだこいつ？』って思った」

「ひどい！」

花菱《はなびし》家の宗家と分家は非常に険悪な関係なのだが、1年ごとに定例の親族会議を開いてその年の各家の経営方針を決めている。伝統舞踊の継承に重きを置く『風』の宗家と、人材育成に特化している『鳥』の分家、そしてビジネスの発展を担《にな》う『月』の分家ではそれぞれ思惑が異なっていて、互いが互いの方針に口出しをして収拾がつかなくなるのが通例だった。

ぼく、風音《かのん》、皐月《さつき》さんを含む子世代は、親族会議の間、会場から遠ざけられていて、そのときに交流を持つことができたのである。ぼくが皐月《さつき》さんと初めて関わりを持ったのもそのタイミングである。子世代の中では最年長の皐月《さつき》さんが、ぼくを気にかけてくれたのだ。

「でも、よかったよ。お前がここに来てくれて」

「抽象的すぎてわからないんだけど、なにが？」

軽い口調で返したのだが、対して皐月《さつき》さんは慈愛に満ちた表情で続けた。

「屋敷《やしき》にいたころの夜風《よかぜ》は、言っちゃなんだが生きてんのか死んでんのかわからなかった。というより『生かされてる』って感じだった」

「………………自覚はないけど」

「知ってるよ」

複雑そうな表情を浮かべる皐月《さつき》さん。

「でも、いまは楽しいんじゃねえの？」

「楽しいのかな……棗《なつめ》さんに毎日振り回されてるだけのような……」

「1年前の夜風《よかぜ》といまの夜風《よかぜ》、横に並べて比べてみてぇくらいだよ」

「たった1年で人間って変わるものかなぁ」

「変わるよ。なんなら1日で変わる」

皐月《さつき》さんが断言する。確信がある……そう感じさせる表情だった。

「人間はなァ、他人を変えられねぇんだ。じゃあどう変わるのか……簡単な話だ。なにかに気づいて、ひとりでに変質するんだ。他人に影響を与えることはできても、そいつの本質まで塗り替えることはできねぇ。人間の心はワガママで、制御できねぇからな。変えようと思っても変わらねぇし、変わりたくないと思っても勝手に変わっちまう。だから嬉《うれ》しいんだ」

「嬉《うれ》しい……？」

「夜風《よかぜ》が変わってくれたことが、だよ」

「…………」

ぼくが変わった。

それは明確に自覚している。

棗《なつめ》さんから渡された命題を、自ら咀嚼《そしゃく》して舞台に立った、あの瞬間に。

「花菱《はなびし》宗家の人間に生かされていただけだった夜風《よかぜ》が、朱門塚女学院《しゅもんづかじょがくいん》に来て変わった。だから私は……前みたいな姿に戻ってほしくねぇんだ。だから風音《かのん》の動向を探ろうとしてる。あいつが現在の夜風《よかぜ》に干渉することで、変化前の状態に戻るきっかけが生まれてしまったら……それは私の本意じゃねぇし、止めなきゃならねぇからな」

「……皐月《さつき》さんって、ぼくのこと大切にしてくれてるよね」

皐月《さつき》さんはフッと笑みを浮かべながら続ける。

「私は花菱《はなびし》家が嫌いなんだ」

「皐月《さつき》さんがはっきりとそれを口にするの、珍しい気がする」

「行動で示してるつもりだからなァ。まぁ、使えるコネは使おうってことで朱門塚《しゅもんづか》の教師になっちまったわけだけど。それに、花菱《はなびし》家のことが好きになれないだけで、花菱《はなびし》家に属してる人間のことはちゃんと個人で判別してるぜ。もちろん夜風《よかぜ》に対してはちゃんと愛情を持ってるし年長者としてなんとかしてやりたいと思ってた」

「実際のところ、皐月《さつき》さんがいなければ……ぼくは棗《なつめ》さんとも出会ってなかったものね」

「あれはまったくの偶然だけどなァ」

豪快に笑う皐月《さつき》さん。

「ただ――やっぱり好きになれねぇよなァ、宗家のやりかたは。あいつらのやってることは半分洗脳に近い。私たち子世代の生きかたを勝手に定義して、定めたとおりに育つように無理やり認知を歪《ゆが》ませてる。夜風《よかぜ》は男性というだけで虐《しいた》げられて、自らの境遇に疑問を持つことすらできなくなってたし……風音《かのん》だって、そうだ」

そこで気づいた。

皐月《さつき》さんは――ぼくだけじゃなく、風音《かのん》のことも大切にしようとしている。

同じく花菱《はなびし》家の子世代の一員として。

だからこそ、直接ふたりきりでの対話を試みていたし、その動向をつぶさに感じ取ろうとしていたのだ。

知っていたけれど――どこまでもまっすぐな人だ。

でも、だからこそ……皐月《さつき》さんが先ほど口にした『甘かった』という言葉が重い。

「皐月《さつき》さんは、風音《かのん》にも変わってほしいんだね」

「そうだ」

「で……風音《かのん》は棗《なつめ》さんにコンタクトを取ろうとしている」

「そうだな。事前に聞いた通りだ」

「そして……風音《かのん》、棗《なつめ》さんと直接関わったぼくは、ふたりがどことなく似ていると感じた」

「それがどうした？」

首をかしげる皐月《さつき》さんに、ぼくは提案する。

「風音《かのん》と棗《なつめ》さんを直接ふたりきりで引き合わせるのは難しいと思う。というか怖い。棗《なつめ》さんはそもそも外に出られないし、かといって風音《かのん》を学園に入れてしまうと混乱を生みかねない」

「そもそもあいつは現状、朱門塚《しゅもんづか》の部外者だからなァ」

「なによりも、風音《かのん》がなにかを企《たくら》んでいて、それを棗《なつめ》さんに吹き込んだとき……きっと棗《なつめ》さんはぼくにすべてを話そうとしてくれるけれど、棗《なつめ》さんの言葉をぼくが正確に解釈するのは難しい。だから——ぼくたちが主導して、棗《なつめ》さんと風音《かのん》を、学園の外で引き合わせるのが理想なんじゃないかな」

「…………」

皐月《さつき》さんはおとがいに手を当てて、なにかを考え込んでから口を開く。

「……できるのか？」

「まずは棗《なつめ》さんに相談してみようと思う。この間、棗《なつめ》さんが言ったんだ。『風音《かのん》と直接会う方法は、なくはない』って。そして……もしも自分の力が必要だったら、そのときは相談してくれって。そう言ってもらえた」

「…………はぁ〜」

皐月《さつき》さんは大きくため息をついて立ち上がり、ぼくの肩に手を添えながら口にした。

「頼むわ」

2

「そうなんだ」

皐月《さつき》さんとのやりとりを仔細《しさい》に説明し終え、棗《なつめ》さんの協力が欲しいと告げた上で、返ってきた言葉がこれだった。いつもどおりである。

「もう一度確認するけれど……ほんとうに部屋の外に出られるの？」

「出られるよ。ていうかあたしと夜風《よかぜ》が出会ったのってこの寮の屋上じゃん」

「いや、部屋の外に出るというのはそういう意味ではなくて……」

「じゃあどういう意味？」

要望と受諾の内容が食い違っているけれど、いったんこのまま話を進めることにする。

会話の中で認識が修正されていくと信じて。

「これから棗《なつめ》さんは、知らない土地で、知らない人と会うんだよ？」

「でも夜風《よかぜ》がいるんでしょ？」

「いるけれど……」

「それに、花菱皐月《はなびしさつき》と事前に会っておけば、少なくとも知らない人はひとり減るじゃん」

「そんなことできるの？」

すると、棗《なつめ》さんは「んー」と唇に手を当てて、部屋をきょろきょろと見渡した。

「夜風《よかぜ》。包帯かゴムバンドかアイマスクない？」

「そんなものどうするのさ？」

「包帯かゴムバンドかアイマスクを使うからだけど」

「用途に関する説明は特に与えてもらえないんだね……」

要望を受けたものの、この部屋に包帯はない。棗《なつめ》さんが常用している使い捨てのホットアイマスクが1ダースほどストックしてあるけれど、そう伝えると「ああいうのじゃなくて」と言われてしまった。

こうなれば、残る選択肢はひとつ。

ぼくは髪をまとめていたヘアバンドを外して、棗《なつめ》さんに差し出す。

「これでもいい？」

「いいね」

そして、棗《なつめ》さんはそれを躊躇《ちゆうちよ》なく目元に巻き付けた。

「…………」

想定していない使われかただったので言葉を失ってしまった。

「なんのつもり？」

「夜風《よかぜ》のにおいがするね」

「ほんとうになんのつもり⁉」

恥ずかしいんだけど。

「あと、それはぼくのにおいじゃなくてシャンプーの香りだから！」

「道理で覚えのある香りだと思った」

「同じシャンプー使ってるからねぇ！」

「じゃああたしも夜風《よかぜ》みたいなにおいがするのかな？　どう思う？」

ヘアバンドをぐるりと装着したまま、ずいっと身を寄せてくる棗《なつめ》さんを、ぼくはひょいと躱《かわ》してから先を続けた。

「その目隠しが棗《なつめ》さんにどう作用するのさ？」

「ノイズを除去できる」

「………？」

わかっていたけれど、納得できる説明は返ってこない。もう少しだけ追及してみる。

「ノイズを除去……とは？」

「他人が発している情報を遮断できる」

「隠密《おんみつ》行動でもするつもりなの……？」

「人は情報を発信しようとしていなくてもいつも情報を出している。身長、体重、音声、所作、表情、化粧、衣服、装飾とか、すべてが同一であることはない。別々のものは別々に見えるし実際に違う。同じ人間には見えない。別々の個体は別々の生物に見える」

「……つまり、気が散ってしかたがないってこと？」

「ちょっと違うかも？」

「かも？　と言われても、棗《なつめ》さんが口にしている微妙なニュアンスは察せないんだけど」

「抽象的に言うと、怖い」

「シンプルに言い換えてもらえて助かったよ。もっとわからなくなったけど」

ぼくの言葉に、棗《なつめ》さんは「うーん」と首をかしげる。

「あたしの見ていない世界を、あたしじゃない人間が見ているのは当たり前で、それが同じ場所にたくさんあるのが怖い」

「……とりあえず……棗《なつめ》さんはたくさん人がいる場所にいるのが嫌だ、ということはわかった気がする」

「そう」

端的に答えながら、棗《なつめ》さんは満足げな表情を浮かべた。

そこでもう一度、今度は推測を交えてぼくは問いかける。

「たくさん人がいる場所でも、無理やり目隠しをして周りを見ないようにすれば、それを気にせずに動けるってこと？」

「目だけじゃないよ。聴覚も閉じる」

そう言いつつ棗《なつめ》さんは大きなヘッドフォンを取り出した。いつも身につけている遮音性の高い高級品と同じもののように見えるが、ケーブルが付いていない。

「大きな耳栓だね……」

「音も出る耳栓だよ。ワイヤレスヘッドフォンだから」

「ぼくの知らない技術だ……」

どうやら無線で端末とつながっているらしい。だからたまに出かけた先で、コードの付いていないイヤフォンをしている人を見かけたわけだ。えらくスタイリッシュな耳栓だなぁと思っていた自分が恥ずかしくなる。

つまり、棗《なつめ》さんは五感のうち、視覚と聴覚を制限することで外界の情報を遮断し、『たくさん人がいる』という認識を無理やり意識から外すというわけだ。

そこまで察してから、ふと疑問が浮かんだ。

「……それって、棗《なつめ》さんひとりで動けるの？」

「夜風《よかぜ》は触覚だけを頼りに動けるの？」

「質問に質問で変な方向に返さないでほしい」

「動けないよ。腕を引いて誘導してもらう」

「なるほど、目と耳を閉ざした状態で誘導されたから学生寮まで移動が……うん？」

ここでさらに疑問が湧いた。

「誰に誘導してもらったの？」

「途中までは父親。途中からは知らない人」

「知らない人⁉」

危険な回答が返ってきてしまった。

「学園に着いて、車から降ろされて、そこからは知らない人にパスされた。学園側が用意してくれた人らしいけど。腕の位置から察するに身長は同じくらいだった気がする。あと触った感じが女性だった。女性の骨格だった」

「身長が同じくらいの女性……？」

ぼくは朱門塚女学院《しゅもんづかじょがくいん》の教諭陣のプロフィールをすべて把握している。自然と脳内に刷り込まれてしまったからだ。とはいえ、該当する人物は数人存在する。

特に追及したいわけでもなかったので、疑問は中空へ霧散した。

棗《なつめ》さんは不思議そうに自らの手のひらを眺めながら言う。

「五感から聴覚と視覚を引いたとき、残るのは味覚と触覚と嗅覚だよね。盲聾者《もうろうしゃ》の方は触覚を使って意思疎通を図るらしいよ。ＰＣで入力した文字を点字で出力して意思を伝えて、逆に点字に対応したキーボードでチャットをしたり。じゃあ触覚と味覚ではコミュニケーションは取れないのかな。夜風《よかぜ》はどう思う？」

「難しくてわからなかった！」

「誰かに触れたり、においを嗅いだりするだけで他人と意思疎通を図れると思う？」

「えぇ……？」

想像したことがない。ぼくはすべての情報を視覚に頼っているからだ。目に見えないものはわからない。表情から感情を汲《く》み取《と》るのに慣れてはいるけれど、声色から繊細なニュアンスを感じ取ることは難しい。

たとえば小町《こまち》さん。彼女の表情はよく動く。喜んでいるときには相好を崩すし、悲しんでいるときには悲壮感をあらわにする。他人と関わらずに生きてきたぼくが、小町《こまち》さんと比較的簡単に意思疎通を取れたのは、そういう部分が大きい。

でも、棗《なつめ》さんの場合は違う。表情に変化がないからだ。

目の前にいる棗《なつめ》さんを見る。なんの疑問も持っていなさそうな顔で、こちらをじっと見つめてくる。そこに恥じらいや訝《いぶか》っている様子はない。つまり、棗《なつめ》さんとの直接的なコミュニケーションに『視覚』という情報は介在しない。あるとすれば、棗《なつめ》さんが産み落とした作品を通じてなにかを感じ取るときだけだ。棗《なつめ》さんにとって、描いた絵は他者と自己を結ぶアクセスポイントなのである。

そんな棗《なつめ》さんに、嗅覚や触覚がどうとか言われても……。

「ちなみにあたしは夜風《よかぜ》のヘアバンドのにおいからはなにも感じ取れなかった」

「だろうね……」

「じゃあ触れてみよう」

なんの意思も含めていないし。

「え――」

こちらの反応を待たず、棗《なつめ》さんが身を乗り出してくる。

「じっとしてて」

「…………っ」

抵抗できなかった。他人を拒むという選択肢がぼくの中に無かったからだ。

ふたり、もつれるようにベッドに倒れ込む。

棗《なつめ》さんがぼくの身体《からだ》に覆いかぶさって、馬乗りになる。

「ぎゃあああ！」

脇腹を思い切り触られてしまった。我ながら色気のない叫び声が飛び出る。

「いまどんな気持ち？」

「くすぐったい！」

「くすぐったいときに夜風《よかぜ》は叫ぶの？」

「くすぐったいし痛い！　肉を押し込まないでぇ！」

「嗅覚で思い出したんだけど」

突然、棗《なつめ》さんの動きがぴたりと止まる。ぼくはゼエハアと肩で息をしながら黙して次の言葉を待った。

「そういえば、入寮のときにあたしの手を引いてくれた人、香水をつけてた気がする。ブランドわかんないけどシトラスっぽい香りだった。あとタバコのにおいがした」

「…………」

出てきた情報を脳内でつなぎ合わせて——解答に至る。

「橘《たちばな》棗《なつめ》とは面識がない……って言ってたじゃん……」

ぼくの呟《つぶや》きはため息とともに部屋の中に融《と》けて消えた。

3

「あれ橘《たちばな》棗《なつめ》だったの⁉」

皐《さ》月《つき》さんに問いただした結果がこれだった。

ぼくは「はぁ～」と脱力しながら面談室のソファに腰を下ろす。そんなぼくを見て、皐《さ》月《つき》さんはあわてた様子で釈明する。

「しかたねぇだろ！　学園側からなんも聞かされてなかったんだから！　その日も新学期を迎えるためにめちゃめちゃ仕事が詰まってて、朝一番に出勤して喫煙所で一服こいてたらいきなり駆り出されて、なんもわかんねぇままとりあえず誘導したんだよ！　顔も覚えてねぇし！」

「つくづく皐《さ》月《つき》さんがほんとうに先生なのか疑問を抱くよ。毎日教室で顔を合わせているけれど、あれは別人なんじゃないかと思ってる」

「教壇に上がった瞬間に先生になる、といったほうが正しいかもな」

「オンとオフがしっかりしているんだね、って納得すると思う？　こっちは皐《さ》月《つき》さんから直々に棗《なつめ》さんに引き合わされた立場なんだけど。それで性別がバレたり、同居人ができたり、大変な目に遭ったんだけど」

「怪我《けが》の功名って言葉を知ってるか？」

「自分が怪我《けが》をさせた加害者だっていう自覚はあるんだ」

気づかなかったといえばそれまでなのだろう。嘘《うそ》をつくような人ではない。必要な事項を伝え忘れるのはしょっちゅうだけれど、そういった皐月《さつき》さんのいい加減な部分は今日に始まったことではない。

「逆に、どうして『車から出てきた見知らぬ生徒が橘棗《たちばななつめ》である可能性』を排除できたの」

「答えは『なにも考えてなかったから』しか存在しねぇよ。学生寮まで手を引いたあとは職員さんにパスしちまったし……」

「ちなみに学園からはなんて伝えられたの？」

「マジで『今日入学する生徒を寮まで送り届けるように』としか言われてねぇ。そして私は間違いなく任務を遂行しただろ」

「しただろ、って言われても……」

「あと寝ぼけてたってのもある。めっちゃ朝早かったし。7時くらいだったたっけか？」

まだ大半の生徒たちが眠っている時間帯だ。棗《なつめ》さんの入寮時期が在校生にとっての春休みだと考えると、人の少ない時間帯を狙ったのだということはわかる。

「ちなみにそのとき、棗《なつめ》さんは目隠ししてた？」

「してたような気もする。でっけぇヘッドフォンつけてたから音楽関係の子かと思ったな。ほらうちにも何人かいるじゃん。自分で曲つくってサイトにアップロードしてる生徒。そういう子らは私の担当とは別のクラスに振り分けられるから、余計にスルーしてた可能性がある」

「とことん他人事《ひとごと》だね……」

皐月《さつき》さんはおとがいに手を当てつつ目を閉じて意味深に考えごとをしているようなそぶりを見せているけれど、結果はなにも変わらないのだ。

しかし、事実は事実である。

釈然としない気持ちを抱えながらも、ぼくは部屋に戻って棗《なつめ》さんに同様の説明をした。

「——ええと……要するに、棗《なつめ》さんが入寮するときに誘導してくれた人が、どうやら花菱皐月《はなびしさつき》先生その人だった……ということなんだけど……」

やはりというか、想像どおりというか。

棗《なつめ》さんの反応はいたって淡白なものだった。

「そうなんだ」

「そうらしいよ」

「あたしは目隠ししてたから周りを見てないし、よくわかんない」

「知ってた……」

当然だと思う。棗《なつめ》さんが持っている皐月《さつき》さんの情報は、同じくらいの背丈の女性で、タバコのにおいが混じった柑橘《かんきつ》系の香りがする人物……というだけである。赤の他人すぎる。

「でも、一度あたしと触れ合っているのならいいきっかけになるね」

「……え？」

なんのきっかけになるのだろう。シンプルに聞き返すぼくに、棗《なつめ》さんは淡々と答える。

「お礼を言えるじゃん」

「お礼を言いたいの？」

「夜風《よかぜ》は他人に『ありがとう』って伝えるの、好きじゃない人？」

「そんな人間いないでしょ」

「いないんだ」

反射的に答えてしまったけれど、適切な返しだっただろうか……と少し考えている間に棗《なつめ》さんが二の句を継いだ。

「あたしは花菱皐月《はなびしさつき》にお礼を言いたい人」

「……えっ……と……？」

「だから、夜風《よかぜ》が機会をつくって」

戸惑うばかりのぼくだったけれど、最後に棗《なつめ》さんが要望を口に出してくれたことで、次にするべき行動が決まった。

当初、風音《かのん》と棗《なつめ》さんを引き合わせるためにどうすれば実現できるのかを考えていた。

提案されたのは、先に棗《なつめ》さんと皐月《さつき》さんを面会させておくこと。そうすることで、いざ棗《なつめ》さんが風音《かのん》と対面する際、風音《かのん》の身内であるぼくと皐月《さつき》さんが同席することで不測の事態に対応しやすくなる。

願ったり叶《かな》ったりだった。

そういう経緯があったので、皐月《さつき》さんの就業時間が終わり、棗《なつめ》さんの活動時間帯と重なる頃合いにスケジュールをすり合わせたのだけれど……。

4

皐月《さつき》さんを連れて部屋に戻り、紹介しようとしたところで――棗《なつめ》さんが先に話し始めた。

いままで聞いたことのないような言葉遣いで。

いつもどおり、まくしたてるように、淡々とした喋《しゃべ》りかたで。

「その節はありがとうございました。心からの感謝を伝えたいのですがあたしは言葉がうまく使えないみたいなので伝わっているかどうか不安です。子どものころに読んだ本によると表情の変化が乏しいのもあたしのような人間の特徴らしいです。学校に通った経験が乏しいので花菱《びしさ》皐月《つき》さんに対してどのような二人称を使えばよいのかもわかりません。以上です」

「…………」

部屋に入り、立ったまま固まる皐月《さつき》さん。ぼくも同様だった。なんのつもりだろう？

でも、意思は伝わる。

ぼくは、棗《なつめ》さんの意思をなるべく尊重しながら、皐月《さつき》さんに向けて通訳を試みた。

「皐月《さつき》さんに『ありがとう』って伝えたいみたいだよ。どうして敬語を使っているのかはわからないけれど……」

「大丈夫だ。なんとなく伝わるよ。多少ビビったけどな」

ぼくと皐月《さつき》さんの会話を眺めながら、棗《なつめ》さんが首をかしげる。そして、こちらから言葉をかける前にふたたび話し始めた。

「夜風《よかぜ》は花菱皐月《はなびしさつき》さんの親族だと伺っておりますが同時に生徒と担任教師という関係性は両立するのでしょうか」

「……ごめん棗《なつめ》さん、いまのはほんとうになにを言いたいのかわからなかった」

素直に告げると、棗《なつめ》さんは不思議そうに続ける。

「夜風《よかぜ》は花菱皐月《はなびしさつき》さんの親族だって知ってるけど生徒と担任教師の間に『親族』という関係性は成り立つのかなって疑問に思っただけ」

「……そういうケースもあるんじゃない？　どうしていまそれを？」

「いま思いついたからに決まってるじゃん」

「そうだよねぇ……」

ため息が漏れる。棗《なつめ》さんと皐月《さつき》さんの間にわずかな接点があったのはよかったけれど、もしかしてもっとも疲弊するのは意思疎通の中継地点となるぼくなのか？

「なあ夜風《よかぜ》」

「なに？」

ただでさえ同居人が発した言葉の情報整理に手間を取られているのに、重ねて従姉《いとこ》から声をかけられたのでややキャパオーバー気味である。ぼくの苛立《いらだ》ちを知ってか知らずか、皐月《さつき》さんは気にした様子もなく先を続けた。

「お前こんな顔面強い女と同居してるの？　ヤバくね？　毎日ちゃんと眠れてるか？」

びっくりしてたの、そこなんだ……。

「そうさせたのは誰だったかなあ!?」

「私のせいだって言いてぇのか？」

「皐月《さつき》さんのせいでしょ！」

「あたしは教師に対しては敬語を使うものだと認識しているけれど夜風《よかぜ》は花菱皐月《はなびしさつき》さんに敬語を使っていなくて花菱皐月《はなびしさつき》さんも夜風《よかぜ》が敬語を使っていないことに対して言及していないということはふたりの関係は教師と生徒ではなくあくまでお互いに親族として接しているというあたしの理解で合ってるかな。どう思う夜風《よかぜ》？」

「ごめんいま棗《なつめ》さんには対応できない！」

双方向から一度に声をかけられて完全に脳味噌《のうみそ》が終わった。

……と、そこで皐月《さつき》さんがふたたび口を開く。

「あー……橘《たちばな》。私がこれから口にすることを、以後の会話にも適用してほしいんだが」

今度は棗《なつめ》さんに向けて。

「堅苦しい感じでこなくてもいい。敬語苦手なんだろ？　自然に話していいぜ」

「教師に対しては敬語を使うものだと知識としては理解しているのですがこの場所においては例外であるという認識でよろしいでしょうか」

「この場所に限らず、花菱皐月《はなびしさつき》に対してはどのようなタイミングにおいても敬語を使わなくてもいい、という認識に置き換えてくれ」

「そうなんだ」

一瞬で棗《なつめ》さんの口調が変わる。

ほんの少し、しかしたしかに、強張《こわば》っていた表情筋が緩むのを感じた。やっぱり無理してたんだな……。

棗《なつめ》さんが他人と関わることを『怖い』と形容していた理由が、少しだけわかったような気がする。他人と一定の距離を保ちつつ、節度のあるやりとりをするためには、適切な言葉遣いが必要となる。相手に伝わりやすく、わかりやすい言葉。

しかし棗《なつめ》さんには『共感』がない。他人とズレた感性を持つからこそ他者を惹《ひ》きつけるのだと、いつか小町《こまち》さんが話していたような気がする。しかし一方で『ふつう』になりたい棗《なつめ》さんにとって、乗り越えるべき言葉の壁がとてつもなく高いのだ。

境遇としてはぼくも似たようなものなのだけれど、少し事情が異なる。他人どころか家族とも一定の距離を取ることを強要されていたため、どんな相手に対しても適切な敬語で話すように矯正されている。だから、ぼくが棗《なつめ》さんの気持ちに対してぴったりと完全に共感することはできない。

でも……寄り添うことはできる。

たぶん、皐月《さつき》さんも同じ気持ちだろう。無理に会話のキャッチボールをしようとせず、棗《なつめ》さんが話したいことを話せるようにしてくれているように思えた。

「花菱皐月《はなびしさつき》」

「どうした？　橘棗《たちばななつめ》」

棗《なつめ》さんが口にしたフルネームを、おそらく自分への問いかけだと察知したのだろう。皐月《さつき》さんはスムースに答えた。対する棗《なつめ》さんはよどみなく先を続ける。

「教師は生徒にものごとを教える人間だとあたしは認識しているから生徒であるあたしに教えてほしいことがあるんだけど」

「お前の言葉で聞いてくれていいぜ。私の言葉で返すがな」

「あたしは変な生徒だと思う？」

棗《なつめ》さんの問いかけに対して、皐月《さつき》さんは即答した。

「思う」

「ふつうの生徒になれると思う？」

「思わねぇ」

「教師から見て、あたしみたいな生徒は面倒だと思う？」

「知らねぇ。主語がデカすぎる。私は教師であって、教師の代弁者じゃねぇ」

「花菱皐月《はなびしさつき》はあたしのことをどう思ってる？」

「バチクソ顔面の強い女だと思ってる。私がお前の顔面持ってたら教師にならずにインスタに写真あげまくってインフルエンサー目指してるだろうな。アーティスト『夏目』の中身ってことも知ってる。でもそれ以外は知らねぇ。知りたいとは思うが」

「あたしのことを生徒としてどう思ってる？」

「かわいい教え子だと思ってるよ」

皐月《さつき》さんがまっすぐ棗《なつめ》さんの目を見つめながら断言した。

棗《なつめ》さんもまた、皐月《さつき》さんの視線から目を逸《そ》らさない。

「あたしと面識はないのに、どうしてかわいいとわかるの？」

「花菱皐月《はなびしさつき》にとって、教え子は無条件でかわいいものだからだ」

「かわいくなかった教え子はいないの？」

「いまのところいねぇな」

「そうなんだ」

機械的に思える人間性に満ちた問答。

一方的な質疑応答がいち段落すると同時、棗《なつめ》さんは席を立ち、深々と頭を下げた。

「はじめまして」

皐月《さつき》さんはきょとんとした表情を浮かべてから、

「あぁ。それがお前の順序なんだな。合わせてやるよ」

口角を上げげつつ、機嫌よさそうに同様に頭を下げた。

「花菱《はなびし》皐月《さつき》。朱門塚女学院《しゆもんづかじよがくいん》で教師をやってる。よくわからん流派の日本舞踊を脈々と受け継いでいる花菱《はなびし》家の『月』の分家出身で、バチバチのコネ採用だ。お前のルームメイトである花菱《はなびし》夜風《よかぜ》から見て年上の従姉《いとこ》にあたる。愛煙してるタバコはショートホープで愛用の香水はディスカウントストアで買ったよくわからんメーカーのやつだ。はじめまして」

ひと息で自己紹介をする皐月《さつき》さん。

抑揚のない早口で、どことなく棗《なつめ》さんの話しかたと似ている気がした。

きっと、この数分のやりとりで皐月《さつき》さんは棗《なつめ》さんの特徴を的確に捉えたのだ。そして、それをそのまま真似《まね》た。

小町《こまち》さんとはまた異なる、天才とのコミュニケーション。

棗《なつめ》さんは表情を変えないまま……しかしどこか弾んだような口調で応じる。

「橘《たちばな》 棗《なつめ》。東京都目黒区《めぐろく》出身。父親は美術商で父子家庭だったから小さなころから家で絵を描いて時間をつぶしてた。趣味は音楽を聴くこととメイク。小学生のころに発達障害の診断を受けてる。知能に問題はないけど小学校の高学年から学校に通ってないから学力は低い。朱門塚《しゅもんづか》女学院《じょがくいん》の1年生だけどまだ登校したことはない。入学した理由は特にない。校長っていう人に誘われたから。でもふつうの高校生活を送ってみたいとは思ってる。ふつうの定義はとても曖昧で個々人によって異なるかもしれないけれどあたしにとってのふつうがふつうじゃないと定義したときに考えられる一般的な目線でのふつうを指してるつもり」

不器用な自己紹介を、皐月《さつき》さんはうんうんと細かく相槌《あいづち》を打ちながらひとしきり聞き届けた後、質問を投げかけた。

「友達は欲しいか？」

「欲しい」

「理由は？」

「寂しい気持ちから作品を生み出すのは疲れるから」

「友達がいると寂しくないか？」

「寂しくないけど不安になるってことを最近知った」

「夜風《よかぜ》のことは友達だと思ってるか？」

「夜風《よかぜ》があたしのことをどう思ってるかを確認したことがないからわからないけどあたしは友達だと思ってる。理由はあたしといっしょに学校生活を送ってくれてるから」

　一連の問答を終えてから、皐月《さつき》さんは穏やかな口調で語りかける。

「そうか。礼はたしかに受け取ったよ」

　口角を上げげつつ皐月《さつき》さんは言う。

　すると、棗《なつめ》さんは被《かぶ》せるように口にした。

「あたしが夜風《よかぜ》と花菱皐月《はなびしさつき》のためにできることがあれば教えてほしい。できないことはできないと答えるけどできることはできると言う」

　皐月《さつき》さんは即答した。

「じゃあ、そのときは遠慮なく相談させてもらうよ。なんか食おうぜ。腹減った」

interlude

I will inspire your insipid days.

夜風《よかぜ》は寄り添ってくれる。供奉《ぐぶ》ではない。足りないあたしを隣で支えてくれる。

小町《こまち》は理解してくれる。あたしの気持ちを一度飲み込んで、言い換えてくれる。

朱門塚女学院《しゅもんづかじょがくいん》に入学して、高校生になって、初めて出会った人たち。

ふたりいるだけでもよかった……けれど。

「なぁ橘棗《たちばななつめ》。夜風《よかぜ》のことをどう思う？」

夜風《よかぜ》が部屋を出て行って、花菱皐月《はなびしさつき》とふたりきりになった部屋の中。

思考が断絶する。かけられた声に対してあたしは素直な気持ちを口にする。

「質問が抽象的だからわからない」

「抽象的なままの回答を聞きてぇんだ。私はあいつの家族だから」

「あたしだと思ってる」

「うん……？　すまんわからなかった。自分と同一存在だと思ってるってことか？」

「違う。こっち側だと思ってる」

「なるほどな。ちなみに——私のことはどう思ってる？」

「花菱皐月《はなびしさつき》は——」

少しだけ考える。

花菱皐月《はなびしさつき》は——解釈してくれる。

「こっち側だと思ってる」

「そうか。よかったよ。お前のことはずっと気にしてたんだ。学校側から登校しなくていいって言われてるのはもちろん知ってる。お前にとってそれがいちばん生きやすい、過ごしやすいことだとも理解した。でも、感情は別だ。仮にも担任教師として、受け持ってる生徒のことはちゃんと知っておきたい。話しておきたいと思ったからだ」

「あたしと話すという行動にどういう意味を見出《みいだ》せるの？」

「他人のことを知りてぇ。かつての自分がそうであったように、生きづらい日常を送ってる子どもがいたら、力になってやりてぇ。私が教師になりたい理由がそれなんだ。ただ、直接言葉を交わさねぇと、力になる必要があるのか、ただのお節介なのかわかんねぇからな」

ひと息に口にした花菱皐月《はなびしさつき》。あたしのテンポに合わせてくれているのがわかる。

「どうして教師になりたいと思ったの」

「花菱《はなびし》家の在りかたに疑問を持ったのがちょうど高校生くらいのころだったから。うちの両親は良《い》い人間だったけど、1年に一度訪ねる宗家の様子がどうもおかしくてな」

「宗家に生まれた夜風《よかぜ》は、ひとりで生きていく上で必要な考えかたを教わってなかった。端的に言えば自我がなかったんだ。奉仕を強要され、そうあるべきだと植え付けられていたってわけだ。対して、夜風《よかぜ》の姉である風音《かのん》はすべてを肯定されて生きてきた。舞踊に関しては厳しくしつけられていたが、それ以外は基本的に放任されていて、いまではなに考えてるかわかんねぇ怪物になってる」

「おかしい？」

「生育環境が人間に与える影響についてまとめてある本を読んだことがある」

「勉強熱心だな。お前、学力は低いんだろうけど地頭いいタイプだろ」

花菱皐月《はなびしさつき》が笑っているように見える。あたしはふだんの花菱皐月《はなびしさつき》を知らないので、表情と感情を結びつけることができない。いつもできないけど。でも、たぶん笑っている。気になったから質問をぶつけることにした。教師は生徒の質問に答えてくれる存在だから。

「あたしのことを褒める理由はなに？」

「あ？　なんだそれ。リスペクトしてるからに決まってるだろ」

「リスペクト」

返ってきた答えを、あたしは飲み込めなかった。

「先生なのに生徒を尊敬するの？」

「先生なのに生徒を尊敬しちゃダメか？　お前の定義からは外れてるか？」

「あたしは定義を持っていないからインターネット上に散逸している言葉からしか先生に対する評価を知らない」

「お前が学校を怖がる理由がなんとなくわかる気がするよ。ネットには負の感情を共有する側面があるからなぁ。そこでしか情報を摂取していなければ、必然的に教師に対する評価はプラスに転じることはないわなぁ」

なにかを納得する花菱皐月《はなびしさつき》。あたしにはその意味がよくわからない。

「もうひとつ、私から質問してもいいか？」

「いい。あたしと花菱皐月《はなびしさつき》は生徒と先生の関係ではあるけれど、花菱皐月《はなびしさつき》との会話においては例外だと教えてもらったから」

「高校、もし卒業できたらなにをやりたい？」

「卒業」

質問を投げかけられたあたしの口から単語が漏れ出る。なにかを理解しようとするとき、あるいは理解できなかったとき、頭の中で受け取った言葉がぐるぐると回って、それが延髄で折り返して、気が付いたら口をついている。

また余計なことを考えていた。

でも、花菱皐月《はなびしさつき》はあたしの答えを待ってくれている。

高校を卒業したらなにをやりたいか。

考えたことがなかった。

「ふつうの高校生は、考えてるの？」

するとき、花菱《はなびし》皐月《さつき》は端的に答えた。

「考えてないやつと考えてるやつがいる。もっとも、朱門塚女学院《しゅもんづかじょがくいん》の場合は特殊で、後者の割合が圧倒的に多いけどな。ちなみに私が教育実習で行った高校では前者のほうが多かった」

「どうしてそんなことを聞くの？」

「なんでって……担任教師だから？」

「そうなんだ」

あたしは高校生になりたかった。だからここに入学した。学力がなくて、人がたくさんいる場所に行けないあたしには難しい選択肢だと思っていたけれど、校長が誘ってくれたから高校生になれた。それが嬉《うれ》しくて、学校生活を送っていることに満足していて、先のことは考えていなかった。

入ったら、出るのだ。

「考えてねぇんだな」

「そう。考えてない」

「じゃあ――お前はふつうの高校生だ」

ふつうの高校生。

そうなんだ。

あたしは……ふつうの高校生なんだ。

花菱《はなびし》皐月《さつき》は知ってるのかな。

あたしがなりたいもの。

それとも、あたしと会話するだけで、気づいてくれたのかな。

「話ズレるんだけどさ、それって反響言語《エコラリア》ってやつ？」

「それってどれ」

「私の言った単語を繰り返すやつ」

「単語」

「それ」

言われて気づいた。また繰り返していたらしい。

「変だと思う？」

「いんや？　むしろ、私の話を聞こうと努力してくれてるんだなと思えて嬉《うれ》しいね。お前がどう思ってんのかは知らねぇけど、私はそう感じてる」

「夜風《よかぜ》は変だと思ってるかな」

「気にしてねぇだろ。つうか、あいつも変なやつだから参考外。瞬間記憶能力《カメラアイ》ありきで会話するから、たまに『それっていつのことだよ』って内容ぶつけてくるし」

「気づかなかった。あたしは物忘れも多いから、夜風《よかぜ》が言っていることがいつ起こった事実なのかが抜け落ちてる。頭に入っていないこともある」

「だからうまくいってんじゃね？　ああ……そういや……」

花菱皐月《はなびしさつき》がなにかを考えているようなそぶりを見せる。

次に聞こえてきたのは、物忘れの多いあたしでも、きちんと覚えている単語だった。

「『比翼連理』だっけ。穂含祭《ほふみさい》の作品。いいタイトルだよな。お前らの関係性みたいで」

「そうなんだ」

寄り添ってくれる人と、解釈してくれる人の要望に、あたしは応えたい。

——と、たぶんあたしは思っている。

第三幕・後　「しばって」

I will inspire your insipid days.

1

「つまりあたしは夜風《よかぜ》のお姉さんに会えばいいんだね。会ってなにをするのか聞かされていないけどそれでいい？　会えば解決する？」

　部屋に戻ってからしばらく、棗《なつめ》さんはぼくが皮を剝《む》いた果物を無言で口に運んでいた。気が済んだのか食事にかかわる所作を取りやめた棗《なつめ》さんがデスクに戻ると同時、ぼくが本題——風《か》音《のん》に直接会ってほしい旨《むね》を伝えたところ、返ってきたのが先ほどの二つ返事だった。

「……ほんとうに、いいの？」

「夜風《よかぜ》がなにを懸念《けねん》しているのかわからない。花菱風音《はなびしかのん》はあたしに害を成す相手なの？」

　すると割り込むように皐月《さつき》さんが答えた。

「それがわからないから困ってる。ただ、風音《かのん》が『夏目』に関心を寄せてるのは間違いねぇ。

こないだ下北沢《しもきたざわ》で個展やってただろ。あいつも寄ったらしい。絵も数枚買ったそうだぜ」

「どれ？　売買手続きは代理人に任せているから詳細はわからない。いくつか売約したとは聞かされたけどその後の進捗も聞いてない」

「金の管理はしっかりしておけよ……」

そう呟《つぶや》きつつ皐月《さつき》さんはスマートフォンを操作しつつ口にした。

「この作品。『日常』ってタイトルの」

「屋上で描いたやつだ」

ディスプレイを提示しようとした皐月《さつき》さんの手が空を切ったので、代わりにぼくが見た。

間違いない──ぼくと棗《なつめ》さんが、学生寮の屋上で出会った日。

あのとき棗《なつめ》さんがキャンバスに描いていた絵画だった。

「これ、なんの絵だ？　こんな学校で教師やっててなんだが、私には美術の裏にある理屈やらがぜんぜんわかんねぇんだ。ついでに解説してくれよ」

「解説？　そんなものはない。見たものを描いただけ」

「……え、なに。じゃあこれ風景画？　お前の目って魚眼レンズなの？」

「あたしの目が魚眼レンズに見えるの？」

「見えねぇから聞いてんだけど」

皐月《さつき》さんの語気がやや強くなった気がしたので、抑えるべきか判断に迷った。しかし、棗《なつめ》さんがケロッとした様子で受け入れているのを見て、杞憂《きゆう》に終わる。

「たしかに、言われてみれば輪郭は屋上からの景色に見えなくもねぇけど……空は緑だし、芝生は紫色だし、中心に向かって線がぐにゃぐにゃしてるし……写実性がねぇんだけど」

「そうなんだ」

皐月《さつき》さんが「マジで？」と言わんばかりの視線をこちらに向ける。

無言でこくりと頷《うなず》いた。ぼくの反応を見て、皐月《さつき》さんは頭をぽりぽりと掻《か》く。

「私は『夏目』について勘違いしてたみてぇだな……独特の感性を持ってるとか、色彩感覚に優れてるとか、視点が鋭いとかそういう次元じゃねぇんだな……すまん話が逸《そ》れた」

こほんと咳払《せきばら》いをして皐月《さつき》さんは続ける。

「帰国前、風音《かのん》は気になることを言ってやがった……おそらく夜風《よかぜ》を指して『アレはあたしのものなんだから』ってなァ」

……どういうことだ？

アレはあたしのもの。

ぼくが、風音《かのん》のもの？

「意味がわからない」

「だよなァ」

素直な感情を口にすると、皐月《さつき》さんはため息混じりに同意した。

「もちろん私もわからねぇ。何度も言うが、風音《かのん》のことは風音《かのん》にしかわからねぇ」

そこに、不思議そうな表情で棗《なつめ》さんが口を挟んできた。

「夜風《よかぜ》はお姉さんのものなの？」

当然の疑問だと思う。

直感的には理解ができないけれど、なにか意味はある。

少し考えてから、考察を述べた。

「……ぼくは花菱《はなびし》宗家のために生かされていた。朱門塚女学院《しゅもんづかじょがくいん》に入学したのもそのため。未来の風音《かのん》に学生生活のキャリアを渡すためにぼくはここにいる。それに……風音《かのん》は花菱《はなびし》宗家そのものだ。そういう意味では……たしかにぼくは、風音《かのん》に所有されているのかもしれないね」

「でも夜風《よかぜ》は変わった。花菱《はなびし》宗家のためじゃなく、夜風《よかぜ》として舞台に立った」

「うん。棗《なつめ》さんと小町《こまち》さんのおかげで、ぼくの内面はたしかに変わった。自覚はあるよ。でも事実として――朱門塚女学院《しゅもんづかじょがくいん》に、花菱夜風《はなびしよかぜ》という生徒は存在しない」

「そうなの？　花菱皐月《はなびしさつき》」

「……そうだ。お前も知ってるだろうが、夜風《よかぜ》は花菱風音《はなびしかのん》としてこの学校に通ってる。もちろん本心では、夜風《よかぜ》をふつうの高校生として学校に通わせてやりたい。でも、花菱《はなびし》宗家がそれを許さず、また夜風《よかぜ》も意思を持つことを放棄していた。だからせめて、たとえ風音《かのん》の身代わりであっても、朱門塚女学院《しゅもんづかじょがくいん》で学校生活を送れるならと協力した」

「夜風《よかぜ》は夜風《よかぜ》として経験を積んでいてそれは事実である。事実であると同時に夜風《よかぜ》は学校に存在しない。あたしには相関性が理解できない」

「こんな事情、スッと理解できるやつのほうが異常だ」

唾棄するように皐月《さつき》さんが言う。

「そんなわけで、考えてもわかんねぇからお前と風音《かのん》と夜風《よかぜ》を一度にぶつけちまおうってわけだ。どえらい荒療治だとは思うが、そうしないと事態が進展しねぇからな」

「じゃあ、行こう」

きっと、棗《なつめ》さんはすべてを理解しているわけではない。

それでいてなお、力を貸してくれることが嬉《うれ》しかった。

「決まりだな」

そう言って、皐月《さつき》さんはふたたびスマートフォンを操作しはじめる。先ほどとは異なり、真剣な面持ちで。そして、意を決したように深呼吸をして……それを耳に当てた。

「………おう、すまねぇな、いきなり連絡して」

『――――――』

通話音声は聞こえない。

けれど……相手はわかる。

皐月《さつき》さんが深呼吸をした理由も。

「お前がなに企《たくら》んでるのか知らねぇけど、いっそのことまとめて話さねぇか？」

『――――』

「わかった。店は手配しといてやる。こっちには『夏目』もいるんだ。そこらへん、使えるコネはぜんぶ使ってやるよ。早いほうがいい？　無茶言いやがる……はぁ？　フグ？　……わかった、探しておく……どうせなら下関《しものせき》で？　アホか、こっちは勤め人だぞ。んな遠出できるかよ。お前も都内にいるんだろ？　決まったら追って連絡するから」

そして、最後に。

『――皐月《さつき》のそういうとこ、ほんと好き』

たしかに聞こえた。

聞き馴染《なじ》みのある声が。

「じゃあな、風音《かのん》。直接会う機会を設けてやるんだ。いらんアプローチはするな……おい風音《かのん》……おい！　チッ……切れてやがる……」

そうして不機嫌そうに耳からスマートフォンを離す皐月《さつき》さん。

淀《よど》んだ空気を打開すべく、ぼくはあえて明るく声をかけた。

「いつもそんな調子で話してるの？　喧嘩《けんか》してるのかと思った」

「んなワケねぇだろ。あいつが海外にいるときはもっとラフに世間話してたわ」

「そうだよね。風音《かのん》と皐月《さつき》さんは仲が良かったはずだし……」

「仲が良《い》い会話には聞こえなかった」

当然の感想を口に出す棗《なつめ》さんに、皐月《さつき》さんは肩を落としてうなだれた。

「どうしてこうなっちまったんだろうなァ……」

それからまもなく、皐月《さつき》さんは部屋を出て行った。しばらく経《た》ってから、スマートフォンに一件のメッセージが届く。

『店が決まった。明日の16時、車を回す。私が迎えに行くから、もし橘棗《たちばななつめ》に準備が必要ならそれまでに済ませておいてくれ』

明日。急な話だ。でも、悶々《もんもん》とした気持ちを抱えたまま何週間も過ごすよりはいい。ただでさえ、ぼくたちが乗り越えるべき初花祭《はつはなさい》まで時間はないし、棗《なつめ》さんの筆が進む様子もない。

夜になり、床につく段になってから、ふと思った。

明日、ぼくは風音《かのん》に会う。

花菱《はなびし》のお屋敷《やしき》以外の場所で、初めて。

どんな姿をしているんだろう。

ぼくの知っている姉の姿か、それとも——まったく異なる、花菱風音《はなびしかのん》の姿か。

2

目隠しをした棗《なつめ》さんの腕を引き、校門へ向かうと、すでに皐月《さつき》さんとワンボックスのタクシーが待っていた。

寮の通路ですれ違った生徒にちらちらと視線を送られたが、こちらからにこやかに会釈《えしゃく》をすると特に呼び止められることもなくスムースに移動できた。周りは初花祭《はつはなさい》に向けての準備を進めているという状況も味方してくれたのかもしれない。

「……なんだ？　橘棗《たちばななつめ》の恰好《かっこう》は。なんかの儀式？」

「うん。ノイズを排除する儀式。というか皐月《さつき》さん、この姿の棗《なつめ》さんに会ってるはずでしょ」

「何ヶ月前の話だよ。夜風《よかぜ》じゃねぇんだから覚えてるわけねぇだろ」

「そうかなぁ……？」

ぼくでなくとも、一度見たら忘れられないインパクトがあると思うけれど……。

「ここから1時間くらいかかる。県境の山中にある料亭だ。たまたま離れが空いていて貸切《かしきり》にしてくれるらしい。大っぴらにできねぇことがたくさんあるからなァ。ほら乗れよ」

言われるがままに車に乗り込む。

棗《なつめ》さんの足に触れて着席を促すと、「んっ」とか細い吐息が耳に届いた。

やっぱり、怖いのかな。

少なくとも、ぼくは怖い。


大きな振動もなくしばらく進み、やがて傾斜の走行にともなう重力の変動を身体《からだ》に感じ始めて数十分が経《た》ち、山道を進んでいった先に建造物が見えた。

「風音《かのん》はもう着いてるらしい」

皐月《さつき》さんはそう言って、運転手といくつか会話を交わしていた。その間にぼくは棗《なつめ》さんの肩を叩《たた》く。ビクリと反応があった。耳を覆っていたヘッドフォンを少しだけずらして囁《ささや》く。

「おつかれさま、棗《なつめ》さん。よく眠れた？」

「寝てない。枕が変わると眠れないから」

「枕じゃなくてヘッドレストだと思うけど……それはいいや。着いたよ。周りに人はいない」

「そうなんだ」

同時に棗《なつめ》さんがそろりと目隠しを取った。ぼくが部屋で着けているヘアバンド。

そして、首をぐるりと動かして周囲を見回す。

「空気がきれいだね」

棗《なつめ》さんの感想に、ぼくも頷《うなず》いて同意する。

外はもう暗くなっており、遠くの景色は暗闇に包まれている。かろうじて街灯が数本立っていて、それらが光源となって色彩のグラデーションを醸《かも》しだしていた。

　葉っぱと土のにおい。

　どこか、花菱《はなびし》のお屋敷《やしき》を彷彿《ほうふつ》とさせる光景だった。

「私は先に行ってる。一応、『月』の分家が何度か世話になってる料亭だ。室内には立ち入らないでほしいって無茶ぶりにも応えてくれた。自慢の手厚いサービスは受けられねぇがな」

「ありがとう、皐月《さつき》さん」

「礼は後にしてくれ」

　先を歩き始めた皐月《さつき》さんに続いて、ぼくも足を進めようとしたところで、

「……棗《なつめ》さん？」

「いっしょに行きたい」

　袖を摑《つか》まれた。

「……ぼくも、実はそう思ってた」

　棗《なつめ》さんの手を握って、ともに歩き出す。

　三和土《たたき》で靴を脱ぎ、廊下を通る。床から熱が伝わってくる。暖房がきいているのだろう。ぎゅっ、ぎゅっ、と床を踏みしめながら進んでいく。棗《なつめ》さんもついてくる。

「……ここだな」

　立ち止まり、引き戸に手をかける皐月《さつき》さんに倣《なら》って、ぼくたちも足を止める。

そして開いた先に──。

ぼくの知っている風音《かのん》がいた。

「久しぶり、夜風《よかぜ》。元気そうでよかった。あたし心配してたんだよ」

屈託のない笑顔を向けてくる風音《かのん》。

毎朝、鏡で見ている顔が、ひとりでに語りかけてくる。毎日の身だしなみを気にするようになって、ぼくの顔は以前よりも風音《かのん》に似てしまった気がする。それもそうだ。ぼくの記憶のなかにある風音《かのん》の相貌を再現しているから。

「さぁ、座って。ごはんたべよ」

着席を促す風音《かのん》に従って、ぼくたちは席につく。長方形の食卓。風音《かのん》と逆の位置にぼく、裏の位置に皐月《さつき》さん。そして対偶の位置に棗《なつめ》さんが腰を下ろす。ぼくと棗《なつめ》さん、風音《かのん》と皐月《さつき》さんがそれぞれ隣どうしになった。

腰を落ち着けてまもなく、風音《かのん》がふたたび口を開く。

「あたしが屋敷《やしき》を抜けたら夜風《よかぜ》が身代わりにされるなんて思わなかった。あたしがいなくなれば宗家が機能不全を起こすと思ったんだよ。花菱《はなびし》家において宗家の意思は絶対だけど、次世代の意思決定者であるあたしがいなくなれば権威性が失墜して、先鋭的な思想の分家筋ふたつが発言権を持つ。そうすれば自浄作用が働いて、なにもかもうやむやになると思ったんだ」

「……風音《かのん》には風音《かのん》の考えがあるんだろうなって思ってた。それが聞けたのは嬉《うれ》しいけれど、せめて屋敷《やしき》を出る前に、ぼくだけには本音を打ち明けてほしかったよ」

今日にいたるまでのさまざまな出来事を、コマ送りのように思い返す。

「無理だよ。夜風《よかぜ》は宗家の人間に『風音《かのん》の動向について知っていることを教えろ』と指示されたら、そのまま答えちゃうでしょ？　夜風《よかぜ》を信頼しているから、教えるわけにはいかないよ」

しかし風音《かのん》は、こちらの想《おも》いなど露知らず、無邪気に返してくる。

「皐月《さつき》もご苦労さま。昨日の今日でこんなに素敵な場所をセッティングしてくれて嬉《うれ》しい」

「そりゃどうも」

水を向けられた皐月《さつき》さんが、タバコに火を点《つ》けながら仏頂面《ぶっちょうづら》で反応する。

「大人として一応言っておくが、『ご苦労さま』は目上の人間が下のモンをねぎらうときに使う言葉だぜ」

「そうだよ？」

「うぜぇこいつ……」

「そういうところがかわいいでしょ？」

「うぜぇこいつ！」

そっぽを向きながら大きく紫煙を吐き出す皐月《さつき》さん。お屋敷《やしき》で見ていたふたりのやりとりをそのままペーストしたかのような会話だった。

しかし、次の瞬間。

射貫《いぬ》くような視線が、ぼくの隣の席に注がれる。

「で、あんたが『夏目』かぁ。ふうん？」

風音《かのん》は棗《なつめ》さんの姿を舐《な》めるように観察した。上から下まで。

そして、明らかにつくり笑いだとわかる表情で声を発する。

「一応言っておくね。いつもかわいい弟がお世話になっています」

「世話になってない。夜風《よかぜ》があたしの世話をしてくれてる」

「だよねぇ。夜風《よかぜ》は誰かの世話になることができないから。ていうか、何度もメッセージ送ったのに反応しないのってどういう意図があったわけ？　スパムと間違えられたとしたらかなり心外なんだけど」

「メッセージ？　……あぁ、メッセージ」

棗《なつめ》さんのもとに送られてきていた、風音《かのん》からの連絡。

今日、こうして会合の場を設定した理由のひとつが、まさにその理由を問うため。

「夜風《よかぜ》から聞かされて、花菱風音《はなびしかのん》から送られてきていることには気づいてた。花菱皐月《はなびしさつき》からはあたしの個展に出向いていることも聞いていた。けれど理由がわからなかったから放置しておいた。要件の書かれていない連絡には応えられない」

「かわいい弟といっしょに学校生活を送る人を知ろうと思っただけ。『夏目』の作品にはたびたび触れていたから、著名なアーティストと生活をともにすることで弟にどんな変化がもたらされるのか、あるいはもたらしているのかを知っておこうと思ったの」

「それだけか？」

皐月《さつき》さんが口を挟む。

「それだけって？」

「風音《かのん》、お前が帰国してから何度か話す機会があったが……そのたびに同じことを言ってたよなァ。私は何度も念押しした。『それだけか？』ってな。お前は煙《けむ》に巻《ま》くだけだったが」

「本音ではあるからね。でも……目的は半分達成したから、半分だけ開示してあげる。あたしは夜風のために戻ってきた」

ぼくのために？

なにも言わずにお屋敷《やしき》を出奔した風音《かのん》が？

半分だけ開示する、と風音《かのん》は口にしたけれど、なにも心当たりがなかった。ぼくの感情をよそに、風音《かのん》の双眸《そうぼう》は棗《なつめ》さんの姿を捉えている。

「花菱風音《はなびしかのん》は――」

無遠慮な視線を受け止めつつ、対する棗《なつめ》さんは答える。

「夜風《よかぜ》の顔をしているから不思議と対等に話せる気がするから不思議だね。視覚情報に限定したらふたりとも同一人物に見えてるのかな。でも中身が夜風《よかぜ》じゃないから変な気分になる」

「なに言ってんの？」

「花菱風音《はなびしかのん》と夜風《よかぜ》は明確に別人だということが理解できてよかったって言ってる。夜風《よかぜ》が花菱《はなびし》風音《かのん》のことを模倣しているのであれば、あたしと毎日接していた夜風《よかぜ》は花菱風音《はなびしかのん》だったということになる。でもいまわかった。花菱風音《はなびしかのん》と夜風《よかぜ》は根本的に異なる人間。骨格だけじゃない、中身そのものが違う。だからあたしと毎日接してた夜風《よかぜ》は夜風《よかぜ》自身だね」

「……あー、なるほどね？」

淡々と語る棗《なつめ》さんに、風音《かのん》はひとこと告げた。

「ちょっと安心したかも。思ってた通りだ。言葉が、通じない、い」

そのとき、引き戸の向こうにゴロゴロと滑車が転がるような音が響いた。

真っ先に風音《かのん》が反応する。

「食事が届いたみたいだね。ね？　夜風《よかぜ》？」

「…………………」

ぼくは配膳するために立ち上がる。

すぐに皐月《さつき》さんが気づいて、ぼくに続こうとした。

「すまん、手伝う」

「いいよ。座っていて」

「……わりぃ」

身体《からだ》に沁《し》み込《こ》んだ習慣が——花菱《はなびし》宗家のお屋敷《やしき》で送った日常が、自然とぼくをそうさせた。

3

「『夏目』。質問があるから答えてくれる？」

活《い》けづくりの魚や、季節の野菜など、色鮮やかな食材を使った料理に舌鼓《したつづみ》を打っていたのも束《つか》の間《ま》、金目鯛《きんめだい》の煮つけを啄《ついば》むように口に運んでいた棗《なつめ》さんに、風音《かのん》が声をかけた。

均一的な味を好む棗《なつめ》さんは、おそらく食事に集中できていなかった。幸か不幸か、風音《かのん》の声に気づいて視線を向ける。

風音《かのん》の質問はとても抽象的なものだった。

「絵画の芸術性はどこにあると思う？」

「芸術性」

「そう。人間は絵画というものの、どこに神秘性や魅力を感じるのかな？」

「人間？　普遍的なことはわからない。あたしの意見しか言えない。どうして聞きたいの」

「『夏目』を知りたいから、じゃだめ？」

「花菱風音《はなびしかのん》はあたしの絵を気に入っていたって夜風《よかぜ》から聞いてる。熱心な鑑賞者に直接あたし自身の人となりを探ろうとされるのはこれで二度目」

「はあ？　鑑賞者がつくり手の人間性を知ろうとするのは当然でしょ？　あたしはなにかを推

し量った先に不正解を引くのが嫌いだから直接聞こうとしているだけ。いいから答えて」

「理由はそれだけ？」

「渋る必要ある？　それとも他人に語りたくないの？　それならあとで話すよ。あんたには関係ないけど、夜風《よかぜ》には関係するから」

「そうなんだ」

風音《かのん》がなにを聞こうとしているのか。なにを引き出そうとしているのか。ぼくにもわからなかった。皐月《さつき》さんの表情をうかがうと、ふたりの様子を注視している。ぼくも倣《なら》った。

風音《かのん》は不機嫌さを隠そうともせず、感情的に続ける。

「だからそれを言えって言ってんの」

「じゃあそう言ってくれないとわからない」

「面倒だなぁ……」

「奇遇だね。あたしと同じことを思ってる」

「いいから答えて」

強引な物言いで棗《なつめ》さんの回答を待つ。

棗《なつめ》さんは風音《かのん》を見つめながら――あるいはぜんぜん異なる別の景色を眺めつつ……やがて、ぽつりと口にした。

「いつか消えるところ」

棗《なつめ》さんが思う、絵画の芸術性。その答えを。

「……はあ？　いつか消えるから美しいの？」

「そう。太古の人間が描いた原画も、歴史に名を遺《のこ》す芸術家の作品も、あたしの描いた絵も、いつかかならず消える。それは自然の摂理で、人類が抗《あらが》えない力。すべての作品は過去になって消えていく」

「意味がわかんないんだけど。記憶は継承されていくじゃん。美術史を記した書籍には作品の写真が載っていて、広範に共有されるじゃん？　ていうかそもそも歴史に名前が残ってるじゃん。作品といっしょに」

「作品も消える。壊れたらなくなる」

「だから経年劣化に応じて修復作業するんでしょ」

「修復作業はあくまで修復。時間という不可逆の力に人間が技術力で抗《あらが》うための方法でしかない。なにもしなければ消えてなくなる」

「……頭がおかしくなりそう」

風音《かのん》の悪態に対して、棗《なつめ》さんはなにも言わない。

この状況に、ぼくが力添えできないのを心苦しく思った。

「じゃあなに？　『夏目』、あんたは人間の営みや文化の継承に意味がないって言いたいの？」

「意味なんてあるの？」

「知らないよ。だからみんな生きる意味を探すんでしょ」

ふたりの会話を聞いていた皐月《さつき》さんが、ぼくにだけ聞こえる声で「哲学的な話になってきたなァ……」と呟《つぶや》く。ぼくは明確に反応しなかったけれど、気持ちの上では同意していた。この問答にどんな意味があるのだろう。

そして、棗《なつめ》さんの「意味なんてあるの？」という言葉の裏にあるのはどういう気持ちなのだろう。

そうした気持ちを抱えながら……なぜ棗《なつめ》さんは、それでもなお絵を描くのだろう。

「ヴァニタス」

ふたたび、ぽつりと棗《なつめ》さんは口にした。

「は？」

訝《いぶか》しげに返す風音《かのん》をあしらうように、先を続ける。

「風刺でもない。写実でもない。あたしの中には『ヴァニタス』がある」

ヴァニタス。

棗《なつめ》さんの私物である書物に記されていた。ぼくたちの住む部屋にある書物にはすべて目を通してある。そしてぼくは、一度読んだ本の内容は忘れない。頭の中でコマ送りをするように、目にした当時の記憶の引き出しを探る。ぼくと棗《なつめ》さんが過ごしていた、変化のない、時として無為な——安心感を与えてくれた、夏季休暇のとある1日を。

原義では『虚ろ《うつ》』を意味し、人生の虚無感や、あらゆるものの儚《はかな》さをあらわす。それが『ヴァニタス』。17世紀のオランダで育まれた静物画。

国家としての独立を果たしたオランダにおいては、プロテスタントを中心とした市民社会が確立。プロテスタント文化圏となったオランダにおいて、アーティストたちは無機物を描いた静物画の中に禁欲的なメッセージを織り込んだ。

「人間は生を受けた瞬間に死んでいく。ゆるやかに死んでいく人もいれば、生まれた瞬間に死んでしまう命もある。人間であれば、死は平等に訪れる」

「……はぁ？　当たり前でしょ？」

「ちょっといいか」

さらに不機嫌になる風音《かのん》の様子に、皐月《さつき》さんが口を挟んだ。

「私から説明する。風音《かのん》はヴァニタスがなにかを知らねぇもんな」

風音《かのん》には美術の素養が無い。ぼくは書籍で概要を知っているだけで、他人に教える土台がない。そして棗《なつめ》さんは、知っていることを他人に伝える言葉を持たない。

頼れるのは教師である皐月《さつき》さんだけだった。

「ヴァニタスっつうのを端的に説明するなら、虚無感や儚《はかな》さをあらわすことによって、その裏にある『いまを大切に生きろ』ってメッセージを伝えようとするもんなんだ。メメント・モリとかカルペ・ディエムとか聞いたことねぇか？」

「ないけど。何語？」

即答する風音《かのん》に、皐月《さつき》さんは「だよなぁ」とため息をついた。

「ていうかさぁ、仮にヴァニタス？　が現在の大切さをあらわす美術だとして、『夏目』の作品からはそんなの伝わってこないんだけど。人間が苦しんでる様子とか、世の中の鬱屈とした空気とか、見えてるものをぐにゃぐにゃ婉曲《えんきょく》させてるじゃん」

風音《かのん》が述べた感想に、棗《なつめ》さんが追随した。

「あたしは誰かのために絵を描いてるわけじゃない。いまを大切だとも思ってない。嘘《うそ》もつけない。だから誰かに『いまを大切にしろ』って訴えかけてるつもりはない。花菱風音《はなびしかのん》の言ってることは正しいね」

「じゃあヴァニタスとやらの思想と矛盾するじゃん」

たしかに、と思ってしまう自分がいた。

しかし棗《なつめ》さんは同じ調子で淡々と答える。

「あたしが描いてる作品がヴァニタスというわけじゃない。根底にヴァニタスがあるだけ。いつか無くなってしまうものを描き続けるあたしもいつかいなくなる。人間はいつか消えてなくなる。あたしが消えて、あたしの描いたものがすべて消えたとき、あたしが人間だったという証左になる」

「早口すぎて意味がわかんない。伝える気あるの？」

「あるよ。何度でも説明できる。もう一度言ったほうがいい？」

「いらない。あたしが『夏目』に対して抱いていた感情が間違いじゃなかったのがわかった。あんな作品を人間が描けるなんて信じられなかったけど、ちゃんと人間じゃなかったから安心したよ」

「風音《かのん》……ッ！」

耐えきれなかった。

棗《なつめ》さんは、他人と違う自分に葛藤している。

絵を描くことは、棗《なつめ》さんにとっての抵抗だ。

「……いまの言葉は、棗《なつめ》さんに失礼だよ」

「夜風《よかぜ》はお屋敷《やしき》の外に出てから人間に近づいたね」

穏やかな口調とは裏腹に、射貫《いぬ》くような鋭い視線。その気迫に口ごもってしまう。

ぼくが黙り込むのを確認してから、風音《かのん》はふたたび棗《なつめ》さんに話しかける。

「あんたの言葉はあたしになにも伝わってこないし、あんたの話したことの半分もあたしは理解してない。でもわかったことがあるよ」

「そうなんだ」

いつも通りの反応を見せる棗《なつめ》さんに向けて、風音《かのん》は端的に告げた。

「夜風《よかぜ》にあんたは必要ない」


そう言い切る風音《かのん》の表情に、見覚えがあった。

かつて……ぼくが風音《かのん》と入れ替わって、親族の前で舞踊を披露したとき。

ぼくを慰める風音《かのん》の瞳と——まったく同じ目をしていた。

ずっとわからなかった。いまもわかっているかは怪しい。

けれど……明確に、棗《なつめ》さんに対して悪意を向けている。

なにも言えないことが——悔しかった。


「おい！　風音《かのん》——」

「皐月《さつき》は黙ってて。これは花菱《はなびし》宗家の話……違うね、あたしと夜風《よかぜ》の、姉弟《きょうだい》の話」

「黙ってられるか！　こないだ話しただろ、夜風《よかぜ》は変わった。屋敷《やしき》にいたころの、生きてるのか死んでるのかわかんねぇ状態から、意思を持って進化したんだ！　夜風《よかぜ》に橘《たちばな》が不要だなんて花菱《はなびし》家としての私が黙ってたとしても、教師としての私が黙ってねぇよ！」

「じゃあ皐月《さつき》は、夜風《よかぜ》がこのまま幸せに生きられると思う？」

「はぁ……？」

予想外の返しに、ぼくも……そして皐月《さつき》さんも困惑をあらわにする。

こちらの反応をよそに、風音《かのん》は話し続ける。

「そもそも夜風《よかぜ》は義務教育をきちんと受けていない。家に縛られていたから」

事実を淡々と述べていく。

「瞬間記憶能力という特別な才能は、本来なら夜風《よかぜ》の日常を彩《いろど》るはずだった。でも——才能があるだけなんだよ？　才能は磨かなきゃ光らない。そして、これまでの人生の中で、夜風《よかぜ》が才能を磨く大切な期間は無為に失われてしまった」

「だから橘《たちばな》がいるんじゃねぇか。夜風《よかぜ》に意思を与えてくれる」

「いつまで？」

「いつまでって……」

返答に窮する皐月《さつき》さんを、風音《かのん》は意に介さず続ける。

「『夏目』はすでに世界で認められているでしょ？　夜風《よかぜ》と出会う前から。『夏目』は夜風《よかぜ》がいなくてもすでに力を持っている。でも、夜風《よかぜ》が輝くためには『夏目』の存在が不可欠。能力が不均衡なんだよ。皐月《さつき》もわかるでしょ？　能力の不均衡は、いずれ軋轢《あつれき》を生む」

「……まるで見てきたみてぇに言うじゃねぇか」

「見なくてもわかるよ。少し考えれば。皐月《さつき》も気づいてるんでしょ？」

ぼくの目の前で進んでいく、ぼくの話に、ぼく自身が関与できない歪《いびつ》さ。朱門塚女学院《しゅもんづかじょがくいん》に来るまでのぼくなら、きっと気づけなかった違和感。でも、対処法も、解決策もわからない。

しかし風音《かのん》は答えを持っている。

「あたしにはわかるよ。夜風《よかぜ》が幸せになるために必要なもの。人間に近づく必要なんてなくって、ただそこにいる意味をつくればいい。ただ在ることに意味をつくればいい。つまり——」

木々の間から響く小鳥の囀《さえず》りのように。

田園から聞こえる蛙《かえる》の鳴き声のように。


「弟を幸せにできるのは姉しかいない。そうでしょ？」


風音《かのん》は口にした。

「ひとりで幸せになれないなら、あたしが支えてあげればいい。夜風《よかぜ》はあたしのために生きるのがいちばんいいんだよ。夜風《よかぜ》があたしのために生きて、あたしが幸せになれば夜風《よかぜ》だって幸せになるんだから」

一点の曇りもない、いたって真剣な表情だった。

ぼくと皐月《さつき》さんは、その迫力に沈黙してしまう。

なにもできずに、場の雰囲気を呑《の》み込《こ》むような威圧感。

しかし——共感性のない彼女は違った。

「花菱風音《はなびしかのん》はこっち側じゃないね」

棗《なつめ》さんは臆せずに言葉を発する。

「でも、夜風《よかぜ》のことをなによりも考えてる。だから食い違う。思考が合わない。合わないから拒絶して排除する。人間としては、正しい」

「まさか『夏目』に共感してもらえるなんて思わなかった。とても不名誉だなぁ」

「そうなんだ」

「今日はね。夜風《よかぜ》が幸せな生活を送っているかどうかを確かめにきたんだよ。そして、実際に夜風《よかぜ》の様子を見て……夜風《よかぜ》といっしょに生活するあんたを見て、こういう話をしてる。もっと夜風《よかぜ》のことを道具として扱ってあげてほしかったのに。それが思いやりなのに」

「思いやりが足りないって言われることは多かった。たぶんいまもそう。あたしは花菱風音《はなびしかのん》が夜風《よかぜ》のことを思いやっているのを理解していても共感ができない」

違う。

共感ができないのはぼくもいっしょだ。

しかし、そう告げることはできないまま——。

「車が着いたみたい。また今度ね、夜風《よかぜ》。今度は迎えに行くから」

料理が残っているにも関わらず、スマートフォンに目をやりながら風音《かのん》は席を立つ。

ぼくたちに背を向け、引き戸に手をかけたところで、

「3月に迎えに来るといいよ」

棗《なつめ》さんが声をあげた。

「でも、3月の初花祭《はつはなさい》で証明する。あたしが、作品で。だからきっと、結末は変わる」

風音《かのん》が振り返る。冷たい視線が降り注ぐ。棗《なつめ》さんは、たどたどしく……それでも続けた。

「夜風《よかぜ》にあたしは必要ない。それは事実。でもあたしには夜風《よかぜ》が必要」

「ふぅん。あぁ、そう」

そして今度こそ、風音《かのん》はぼくたちの前から姿を消したのだった。

4

帰路を辿《たど》る車内は陰鬱な空気に包まれていた。

後部座席に並んで腰を下ろす際、棗《なつめ》さんの目隠しを手伝おうかと思ったのだけれど、

「まだいらない。降りるときに助けて」

と、断られてしまった。

「ごめんね、風音《かのん》が棗《なつめ》さんにひどいことを……」

ぼくは謝罪を口にしようとしたけれど、棗《なつめ》さんはきょとんとした表情を浮かべた。

「なんで？　面白かったよ」

「……面白かった？」

信じられない感想が返ってきたので、思わず聞き返してしまった。

棗《なつめ》さんは淡々と語り出す。

「夜風《よかぜ》の顔をしている夜風《よかぜ》じゃない人から、夜風《よかぜ》からは出てこない言葉がたくさん出てきたのが新鮮だった」

「……ぼくと風音《かのん》は……似ていると思う？」

「似ている？　顔は同じでしょ？」

「性差があるから多少は違うんだけれど……」

「その違いはあたしにはわからない。でも中身が違う。だから別人だとわかる」

「中身……？」

外見は同じ、でも中身が違う。

発言の意図は理解できる。けれど、棗《なつめ》さんが口にすると別のニュアンスに聞こえた。

「夜風《よかぜ》の中にはなにもない。なにもなかったから絵筆になれるとあたしは思った。でも花菱風《はなびしか》音《のん》の中には花菱風音《はなびしかのん》しかない。他人が介入する余地がない」

「意外とよく見てるんだな……おそらく合ってるぜ」

助手席に座る皐月《さつき》さんが呼応した。

「花菱《はなびし》宗家は舞踊の継承に心血を注いでいて、筆頭後継者として舞踊の演者たる女性を置く。

その中で女性の価値が高くなり、相対的に男性の価値が下がっていった結果、現在の歪《いびつ》な構造ができあがってる。宗家の人間は風音《かのん》の存在をなによりも重視し、さまざまなものを詰め込んだ。だから、あいつの頭の中にはあいつ自身しかいねぇ。自己中心思想の極致なんだ。ついでに言うと、風音《かのん》は他人を自分のために動かすことになんの躊躇《ちゅうちょ》もない」

皐月《さつき》さんの説明を受けて、棗《なつめ》さんは「うーん」と首をかしげていた。しばらく車に揺られていると、ふたたび口を開く。

「あたしは他人の心を読めないし、察せないし、わからないけど、夜風《よかぜ》のことを思ってるのはほんとうだと思う。あたしとはアプローチが違うだけ」

風音《かのん》がぼくを思っているのはほんとう。

ほかでもない、棗《なつめ》さんからそうした言葉が出てきたことに驚いた。

「……風音《かのん》は、どうしてぼくに執着するんだろう」

執着を感じたことなんて、これまで無かったのに。

棗《なつめ》さんとの剣戟《けんげき》にも似た会話を耳にして、初めて湧いた疑問だった。

「なに言ってんだ？　風音《かのん》はずっとお前に執着してただろ。それこそ橘《たちばな》に対する執着とは比較できねぇくらいに」

「……そうだった？」

心当たりがなかった。

忘れているだけ、という線はない。ぼくは視覚情報を忘れないから。

ならば……ぼくが意識していなかっただけで、風音《かのん》の過去の挙動が、ぼくへの執着によるものだったということか？

たとえば――花菱《はなびし》の親族会議の場で、ぼくと入れ替わって舞踊を披露させたとき。風音《かのん》はなぜそんなことをぼくに提案したのだろうか？

先ほど、風音《かのん》は言っていた。

『弟を幸せにできるのは姉しかいない』

さも当然のように口にしていたけれど――風音《かのん》はぼくを幸せにしようと思っている？

なにがなんだか、わけがわからない。

思考が混濁するなか、皐月《さつき》さんが助手席からふたたび振り向いたことに気づく。

声をかけた相手は棗《なつめ》さんだった。

「なぁ橘《たちばな》。単刀直入に聞くが――」

「なに？」

「風音《かのん》のことを、どう認識してる？」

「敵」

「……てき？」

「エネミー。花菱風音《はなびしかのん》は、夜風《よかぜ》にあたしが必要ないと指摘した。合ってる。あたしはふつうの生活ができない。だから夜風《よかぜ》にはサポートキャラになってもらった。でも、花菱風音《はなびしかのん》は根本的な勘違いを犯してる。夜風《よかぜ》の日常にあたしが必要ないだけで、『夜風《よかぜ》の幸せ』にあたしが必要ないかどうかは花菱風音《はなびしかのん》にはわからないはず。夜風《よかぜ》と花菱風音《はなびしかのん》はまったく異なるから」

「自分なりの言葉でいいから、風音《かのん》の主張のおかしい点を要約してみろ」

皐月《さつき》さんのリクエストに、棗《なつめ》さんはたっぷりと間を置いてから答えた。

「夜風《よかぜ》の幸せは夜風《よかぜ》が決めることであって、花菱風音《はなびしかのん》が夜風《よかぜ》の幸せを語るのはおかしい」

すると、しだいに皐月《さつき》さんの頰が緩む。

「同感だ――で、なにか対策を取れるか？　お前が提示した、3月の初花祭《はつはなさい》までに」

「できる。さっき思いついたから」

「――それって」

棗《なつめ》さんの回答を受けて、ぐるぐると巡っていた思考が吹き飛ぶ。

口をついたのは確認だった。

「棗《なつめ》さん、初花祭《はつはなさい》の作品のアイデアが生まれたってこと⁉」

「そう」

端的に答える棗《なつめ》さん。

胸を撫《な》でおろすぼくに、彼女は続けてこんなことを告げた。

「花菱風音《はなびしかのん》に会えてよかった。おかげで――良《い》い作品がつくれそう」

「ホンマか⁉　ホンマに構想できたんか⁉」

「うん」

「端的な返事が心強い！」

初花祭《はつはなさい》でつくりたい作品が思い浮かんだ、と棗《なつめ》さんから報告を受けた小町《こまち》さんは、飛び上がって喜んだ。ものの例えではなくカンガルーのようにほんとうに飛び上がっていたので、部屋の床がみしりと軋《きし》む。

「なにがあったんや？」

「……ええと、いろいろあって」

小町《こまち》さんは花菱《はなびし》家の体質をきちんと理解しているわけではない。明るい話題ではないのでお茶を濁そうと思ったのだけれど……。

「花菱風音《はなびしかのん》に会った」

棗《なつめ》さんが情報を開示した。

「風音《かのん》……？　学校での夜風《よかぜ》さんの通名やろ？」

「そっちじゃなくて、ほんものの花菱風音《はなびしかのん》」

「ほんもの……？　って、夜風《よかぜ》さんのお姉さんか？　海外におるんとちゃうの？」

「それが、少し前に帰国していたみたいで……」

「うん？　夜風《よかぜ》さんも知らんかったんか？」

「姉の考えていることはよくわからないんです……」

「そういうもんなんか……？　で、なんでそれがインスピレーションにつながるん？」

小町《こまち》さんの質問に、棗《なつめ》さんは端的に答えた。

「敵だから」

「……敵ぃ？　エネミー？」

「そう。あたしとはきっとわかり合えない。だから敵。本意じゃなくても排除するしかない。あるいは抗《あらが》うしかない。あたしが抗《あらが》うためには、夜風《よかぜ》の意思と共鳴して作品をつくらなければいけない。でも、実現できれば花菱風音《はなびしかのん》の主張への反駁《はんばく》材料になると思った」

「……ええと、あんまりようわかってへんけど、穂含祭《ほふみさい》みたいに、棗《なつめ》さんと夜風《よかぜ》さんがいっしょに作品をつくりあげることが必要なんやな？」

「穂含祭《ほふみさい》でつくったものじゃ足りない。夜風《よかぜ》を能動的に動かさなきゃ」

「ディテールはわからんけど、ウチにできることならなんでもするで」

自然にものごとを受け入れる小町《こまち》さんの柔軟さに安心感を覚える。

しかし……棗《なつめ》さんの構想の詳細を、ぼくはまだ聞いていない。車内で「具体案が浮かぶまで待って」と言われたきりだ。

「それで棗《なつめ》さん、初花祭《はつはなさい》ではなにをすればいい？」

意を決して棗《なつめ》さんに問う。

答えは結論ではなく、手段の提示だった。

「大きな壁を用意して」

第四幕　「あわせて」

I will inspire your insipid days.

1

棗《なつめ》さんが初花祭《はつはなさい》に対して意欲を得られなかった理由が、不満の解消による衝動の喪失だったとして――風音《かのん》とのやりとりが新たな不満の種になったのだとしたら、複雑な気持ちを抱かざるを得なかった。

風音《かのん》に棗《なつめ》さんを引き合わせたのは、あくまでぼくと皐月《さつき》さんの都合でしかないからだ。

料亭から帰る道中、「会えてよかった」と口にした棗《なつめ》さんの気持ちを、どう捉えればよいのかぼくにはわからない。棗《なつめ》さんは嘘《うそ》をつかない。ただ思ったことを口に出す。ということは、感情の上ではほんとうに風音《かのん》との対面をポジティヴなものと感じてくれていることになる。

ただ、風音《かのん》の態度には明確な悪意があったし、棗《なつめ》さんも同様に風音《かのん》のことを『敵』だと言った。

これから棗《なつめ》さんがつくる作品を見れば――なにか、感じ取れるのだろうか。

「……で、言われたとおり、大きな壁を用意したわけやけど」

「壁というか、大きなキャンバスというか……こんなサイズの板、棗《なつめ》さんはどうするつもりなんでしょうね……」

棗《なつめ》さんのオーダーを汲《く》み取《と》って小町《こまち》さんが用意したのは、大きな壁――に見せかけた、白塗りの木板だった。部屋に入るのか危ういサイズだったので、学生寮の庭園に搬入して寸法を測っているところである。

「これを壁に見立てて絵を描くってことなんかなぁ？　たしかにそういう文化はあって、古代の壁画とか、グラフィティアートとか……バンクシーとか有名やけど」

「バンクシー。イギリスを拠点とする素性不明のアーティストですね」

「そう。ステンシルアートを中心とするアーティストやな。あっちこっちの建造物の壁に社会や政治を風刺した作品を無断で描いとる……風刺、っていう点では『夏目』と共通項があるけど、棗《なつめ》さんとはあんまりイメージ結びつかんなぁ。なんせあの人、外に出ぇへんし……あぁでも、こないだ外出したんやっけ？」

「はい。目隠しで視界を遮った状態で」

「なんかの儀式か……？」

すぐさま正解にたどり着く小町《こまち》さん。けれど理由を仔細《しさい》に説明したところで新たな混乱を生むだけなので、話題を変える。

「ただ……棗《なつめ》さんは『夏目』の作品を風刺とは認識していません。これは本人が口にしていました。自分は見たものをそのまま描いている。ありのままの現在を描いている。風刺でも、写実でもなく、『夏目』の根本にはヴァニタスがある……と」

「ヴァニタスかぁ。なるほどなぁ」

小町《こまち》さんは『夏目』の熱心なフォロワーである。同じ学生でありながら、美術史のこともしっかりと勉強している。おそらく、概要を覚えているだけのぼくよりも考察の切り口は多いのだろう。

首をひねりつつしばらく何事かを考えていた小町《こまち》さんは、

「わからん」

と、大きくため息をついた。

「いや、アレやで？　なんとなくはわかるで？　棗《なつめ》さんはそもそもウチらと見とる世界が違うやろ。で、ヴァニタスは生の儚《はかな》さを表現するものや。ウチらの見とる景色とは乖離《かいり》するけど、棗《なつめ》さんが見たものをそのまま描くなら、それは紛《まが》うことなく『現在』や。絵画だけやなくて、たとえば写真なんかはヴァニタスと関連付けられることが多い。明確に『現在』を切り取る芸術やからな。でも、――それが目の前の『壁』と結びつかんのや」

まさしく、ぼくも同じ懸念《けねん》を抱えている。

棗《なつめ》さんが、いったいなにをつくろうとしているのか。わからない以上は待つしかない。

それでもきっと、前に進んでいる。

「これ、どこで作業するんやろ？　棗《なつめ》さんが絵を描くならいったん部屋に搬入せんとあかんよな？　何キロあるんや？　……ウチらで運べるんやろか」

「さすがに皐月《さつき》さんを通して人を呼びましょう」

「それでなんとかなるもんなんか？　……あー疲れた」

小町《こまち》さんは大きく伸びをして、庭園に設《しつら》えられたベンチにドカッと座り込んだ。

ぼくも隣に腰を下ろす。

ややあって、小町《こまち》さんが話しかけてきた。

「でも、なにかしら考えがあるんやろな」

やるしかない、という決意がこもった声色だった。ぼくはこくりと首肯する。

「棗《なつめ》さんは嘘《うそ》をつきません……というか、嘘《うそ》をつけません。構想を思いついたというのなら、きっと真実なのだと思います」

小町《こまち》さんは「せやなぁ」と同意して、さらに言葉を紡《つむ》ぐ。

「ずっと思ってたんやけどな。棗《なつめ》さんがドン詰まっとった理由が、夜風《よかぜ》さんといっしょに過ごす時間の中で満足感を得て意欲を削《そ》がれたから……ってのはちょっと違うと思うねん」

「と、いいますと……？」

「だって棗《なつめ》さんやで？　夜風《よかぜ》さんがいくら生活をサポートしてくれるからって、そこに一切のもどかしさや至らなさを感じひんわけあらへんやろ？　わざわざウチを気遣って、ディレクターっていう役目を与えてくれるほど優しい人やで？」

小町《こまち》さんは、周囲をクリエイターに囲まれた環境に心が追い付かず、行き詰まっていた時期がある。偶然出会ったぼくは、彼女のためになればと棗《なつめ》さんを紹介した。

棗《なつめ》さんは小町《こまち》さんが自身の熱心な鑑賞者だと知ったうえで、まったく色眼鏡をかけずに小町《こまち》さんの持つ適性を見抜き、制作進行をおこなうディレクターの役割を与えた。

「言うたんやけどな、お礼。棗《なつめ》さんには『なんのこと？』って返されたわ。もしかすると気遣いじゃなくウチに利用価値があった、ただそれだけのことかもしれん。けど、事実としてウチは救われて、穂含祭《ほふみさい》だけじゃなく、こうして棗《なつめ》さんの友達として初花祭《はつはなさい》に向き合っとる。それだけでええんや。せやから——やっぱり、棗《なつめ》さんのことを、もっとわかってあげたい」

彼女は発する言葉が少ないから、『小町《こまち》ならできる』という判断以外の要素をこちらが知ることはできない。

でも……ふだんの棗《なつめ》さんを見ているから思う。

きっと、あの提案は善意からのものだ。

「『誰かといっしょになにかをつくるって、ふつうの女子高生っぽいじゃん』と、棗《なつめ》さんはそう言っていました。棗《なつめ》さんはスケジュールの管理や細かい発注、手配などをできない人なので、あの人にとっても小町《こまち》さんは必要な存在で……同時に、いっしょになにかをつくる友達だったということとじゃないかなと思っています」

「そっかぁ……うん？　待ってや？　ってことは……」

小町《こまち》さんはしばし黙考する。

のちに「あぁ、そうやんな」と小さく頷《うなず》き、そして……。

「穂含祭《ほふみさい》でウチらといっしょに演舞を完成させたことで、ふつうの女子高生っぽいことをするっていう棗《なつめ》さんが学生生活に課した要件をある意味クリアしてもうたわけやな——あかん……実質的に、やっぱバーンアウトやんけ……」

頭を抱えてしまった。

「ホンマ、なにつくるつもりなんやろなぁ。棗《なつめ》さんの根幹はヴァニタスで、原動力は不満……やとすれば、なんか新しい不満とか不安が生まれたんやろか」

「……あの、心当たりがありまして」

小町《こまち》さんに言語化してもらったことで、記憶が克明に呼び出された。

「風音《かのん》が……姉が、棗《なつめ》さんに言ったんです。『夜風《よかぜ》にあんたは必要ない』と。棗《なつめ》さんは特別な反応を示していませんでしたが、胸の内はわかりません。でも、棗《なつめ》さんは確実に、風音《かのん》のことを敵だと言い切りました。良《い》い作品がつくれそうとも」

「あんま友達の身内にこういうこと言いたくはないんやけど、とんでもないやっちゃなぁ。個人と個人の結びつきに他人は介入できひんやろ。友達の友達は無条件で友達……なんてうまくいかんのが人間関係や。必要か不要かなんて、他人にはわからんはずや」

「……どうしてでしょう。交友関係の広い小町《こまち》さんが口にすると説得性が薄れるような」

「ウチは友達と知り合いを分けとる。知り合いは多いほうがええけど友達は限られた数でええと思っとるだけや。それに、いろんな人と仲良くできるってのもウチの特技なんやなって、夜《よ》風《かぜ》さんと棗《なつめ》さんに教わったからな」

「反面教師ということでしょうか」

「そういう卑屈なとこも含めて、ウチは夜《よ》風《かぜ》さんのことが好きやで」

予想外の言葉にびっくりしてしまう。

熱くなっていく頰をごまかしながら、ぼくは続けた。

「小町《こまち》さんは他人を悪く言いませんし、頼りになる人です。だから友好的に思う人が多いのではないでしょうか。問題が起こったときに率先して解決する手段を考える人です。先ほども用意した『壁』を物理的に動かす方法を模索していらっしゃいましたし」

「人それぞれやねん。話が早くて助かる、って言ってくれる人もいれば、話を聞いてもらいたいだけで具体的な解決策は求めてない、って毛嫌いする人もおる。ウチはどんな人とも仲良くしといたほうが得やと思っとるけど、それでも考えかたが合わへん人もおるんや」

正直なところ、小町《こまち》さんと波長が合わない人がいるという点には実感が湧かなかった。

あの棗《なつめ》さんが『真のコミュ強』と認定したこの人でも人間関係がうまくいかないことがあるなんて。

「聞いた限りでは……夜風《よかぜ》さんのお姉さんは、他人と無条件に仲良くすることにメリットを感じひんタイプの人なんかもしれんなぁ。想像つかんもん。『夏目』の作品のことは評価してはるんやろ？　ふつう、仲良くしたいところちゃう？　目の前に好きなアーティストがおるんやで」

無条件に仲良くする必要がない。メリットがないから。

どこか納得してしまう自分がいた。

風音《かのん》もまた、ぼくと同じように、花菱《はなびし》家に縛られている人間だからだ。

いくら奔放に見えても、心が花菱《はなびし》家のあるべき姿に変質している。

春、棗《なつめ》さんと出会ったころに感じた気持ちが脳裏に蘇《よみがえ》ってきた。

やっぱり、棗《なつめ》さんと風音《かのん》は……どこか似ている。

だから——反発し、敵対してしまうのだろうか。

2

穂含祭《ほふみさい》でぼくたちがつくりあげたものは、結果的には『演舞』だった。

棗《なつめ》さんが表現したいものを表現できる方法で出力し、ぼくが絵筆となって再出力した。

この構想を理解するまでの段階に、さまざまな葛藤があったのだけれど、あの経験はたしかに生きている。創作者たる棗《なつめ》さんからどのようなリクエストがきても、実現できるように努めるつもりだった。

しかし。

「……まさか、ほんとうに部屋の中に搬入する羽目になるとは思わなかったよ」

予感はあったし、なにより棗《なつめ》さんが必要だと言ったのだからこうなることは必然だったのかもしれないけれど……結局、庭園から木の板を運ぶ羽目になった。正確には、ぼくと小町《こまち》さんと皐月《さつき》さんの3人がかりで運んだ。皐月《さつき》さんに相談したところ「初花祭《はつはなさい》の準備でてんやわんやなんだよ。いま空いてるのは私しかいねぇ」と返ってきたのでやむを得ない対応である。もっとも、どうして皐月《さつき》さんの手が空いていたのかというと……おそらく、またサボっていたのだろうけれど。

ひぃひぃと悲鳴をあげながら重い荷物を運びきった小町《こまち》さんは「もうあかん。今日は店じまいや。このままやとここの床で寝てまう……ほなな」と部屋を出て行き、皐月《さつき》さんは「いまから工具をひとつ動かすごとにお前らに貸しをつくるからなァ……」と恨みごとを吐いていた。

ともあれ。

「部屋に入ったのは良しとして……あらためて見ると、とんでもない大きさだね」

「ほんとうはミクロからマクロに展開しようかと思ってたけど、再現性がないとパフォーマンスにギャップが出ると思った。だからあえて本番で使う素材と同じサイズの板を用意することにした。あたしは空間把握能力がバグってるから部屋におさまるかどうかは運だったけど」

「おさまってないよ？」

居住空間の壁一面をほぼすべて埋めてしまっている。なんなら、ベッドを1組解体してようやく入るレベルだった。

棗《なつめ》さんのデスクとチェア、そしてベッドと木の板。ぼくの痕跡がどこにもない。

「そろそろ教えてほしいんだけれど……棗《なつめ》さん、この板でなにをするつもりなの？」

「これは、壁」

「前にもそれは聞いたけれど……」

仮にこれが『壁』だとして、ただの無骨な木材にしか見えない。

これで絵画でも描いてあれば、まだハリボテに見えるのだけれど――。

……ハリボテ？

「もしかして棗《なつめ》さん……これは、やっぱり画材？」

「そうだよ。ほかに候補がある？」

まるで木を割って薪にする作業のように、さも当然のように棗《なつめ》さんは肯定した。

小町《こまち》さんの推理が的中したことになる。

「でもこれはあくまで準備のための素材でしかない。画材であることに間違いはないけれど木である必要も板である必要もなかった。壁に見立てられればいい。再現性を取るためには本番も同じ画材を使うしかないけれど。素材が違うと着色にムラができるだろうし、だいいちあたしはほんものの壁に絵を描いたことがないから」

「ごめん、理解するまでにもう少しステップを踏ませてほしい……」

いまのところ把握できたのは、この大きな板が、初花祭《はつはなさい》で発表する作品の準備用の画材であることだけだ。

しかし、わからないことがある。

ここで作品をつくるのであれば、そもそも『準備用の画材』を用意する必要性がない。

ぼくには絵の心得がないけれど……仮にこの板を使って作品の予行演習をしたとして、時間が無いなかで本番の画材に作品を投写する際、二度手間になってしまうからだ。

なによりも、『壁』という表現。

部屋の面積の大半を削り取ったこの板は、実質的に部屋の壁となっている。

しかし……おそらく、そういうことではないのだろう。

ややあって、棗《なつめ》さんは続ける。

「でも、同じスケール感がないと伝わらない」

「……同じ？　なにと？」

「本番と」

「……なんの本番？」

ぼくの疑問に、棗《なつめ》さんはふたたび当然のように答えた。

「舞台。夜《よ》風《かぜ》がこれに絵を描くから」


はじめは聞き間違いかと思った。

ぼくが、この板に絵を描く？

「……冗談でしょ？」

「あたしが冗談や嘘《うそ》を言わないことは夜《よ》風《かぜ》も知ってくれていると思ってたけど違ったかな。もっともあたしはジョークが嫌いなわけじゃなくてジョークをジョークだと判断できないだけだから厳密には冗談や嘘《うそ》を言わないわけじゃなくて言わないだけで――」

「入念に説明してくれているところ申し訳ないんだけれど、よく知ってる。ぼくが驚いてるのはそこじゃなくて……ぼくが絵を描くの？　棗《なつめ》さんじゃなくて？」

なるべく丁寧に尋ねる。鼓動を落ち着けるように。

「そう。あたしが描いた絵を、夜《よ》風《かぜ》が舞台で再現する。だから再現性が必要。本番と同じ規模感で、同じ時間で、同じ作品を透写する。舞台に上がれないあたしの絵筆になって、夜《よ》風《かぜ》があたしの絵を舞台の上で再現する」

「…………………」

そこまで聞いて、ぼくは思わず脱力してしまった。

ベッドにドサッとへたり込んで、そのまま横になる。

疲労のピークが一気にやってきた。穂含祭《ほふみさい》では、間違いなくそうだった。

ぼくは棗《なつめ》さんの絵筆になった。そんな気分だった。

どうやって？　という疑問は湧かない。

きっと棗《なつめ》さんは、彼女なりの方法で提示してくれる。

できるのか？　とも思わない。

想像がつかないからだ。正確には、思えない。思うことすら適《かな》わない。

「……今日はもう……寝てもいいかな……ちょっと脳の許容量を超えちゃって」

「いいんじゃない？　あたしもいまから演習に入るのは体力的に無理」

そう言って、棗《なつめ》さんは——ぼくの隣に寝転がった。

あまりにも自然な動作で。

「棗《なつめ》さん……大変なことを思い出しちゃった」

「そうなんだ」

「さっき、板を搬入するためにベッドをひとつ解体したよね」

「花菱皐月《はなびしさつき》が工具を振り回しながら唸《うな》ってた」

「つまり……この部屋にはベッドがひとつしか残ってないよね」

「うん。だから夜風《よかぜ》の隣に寝てる」

「……あの……この間も言ったはずなんだけれど……ぼくの性別、忘れてないよね」

「忘れてないよ」

思わぬ返答に、返す言葉を見失う。

しかし、沈黙するぼくをよそに棗《なつめ》さんは話し続ける。

「夜風《よかぜ》が男性なのは理解してる。性差があることを意識してなかっただけ。あたしが女性だから夜風《よかぜ》が時々遠慮しているのもわかった。だから、あたしは夜風《よかぜ》の性別を忘れることにした」

「それは前にも聞いたけど……」

適切な発言が思い浮かばないまま、吐息がかかりそうな距離から、抑揚のない透き通った声が淡々と響いてくる。

「夜風《よかぜ》と花菱風音《はなびしかのん》は双子の姉弟《きょうだい》で、育った環境は違っても本質が同じ。近くにいた時間はあたしよりもずっと長くて途方もない。母親の子宮の中からいっしょにいる。時間で優位に立てないなら、そのぶん距離を詰めればいい」

よくわからない理屈だ。

でも……理屈を抜きにして、たしかに感じたことがある。

「こういうときに言うことかわからないけど……ぼくはお屋敷《やしき》でずっとひとりだったから、すごく安心する……これも、距離が近づいたからかな」

「そうなんだ」

棗《なつめ》さんはじっとぼくの顔を見つめながら、

「じゃあ、あたしと同じだね」

と、口にした。

「もしかすると、ふたりでいっしょにいるだけで安心できるなら、この世の中に芸術は要らないのかもしれないね」

棗《なつめ》さんがしれっと呟《つぶや》いた。

この人の感性を理解できないのはいつものことだけれど……単純に、疑問に思った。

「どうして？」

「芸術は人間の拠《よ》り所《どころ》だと思ってるから」

「拠《よ》り所《どころ》……？」

「文化庁は芸術文化について、『人々に感動や生きる喜びをもたらして人生を豊かにするもので、社会を活性化する上で大きな力になるもの』として、文化振興に取り組んでる。でも、あたしは芸術が人間に必要なものだとは思ってない。音楽を聴いても食欲は満たされないし、本を読んでもいずれ眠気はやってくるし、絵を眺めなくても人は死なない。それでも人々が必要とするのなら理由があるはずだと思ってた。なくてもいいけど、あったほうがいい。だから拠《よ》り所《どころ》」

「……なんだか、わかる気がする」

ぼくの声に、棗《なつめ》さんは「うん」と応じる。

「あたしと夜風《よかぜ》の関係といっしょだよ」

棗《なつめ》さんの言葉を受けて、思いを巡らせる。

なくてもいい。

でも、あったほうがいい。

ひとりで過ごすことには慣れていた。

けれど、お屋敷《やしき》の中でたまに顔を合わせる風音《かのん》や、親族会議で声をかけてくれる皐月《さつき》さんの存在は、やっぱりぼくにとって特別で。

いっしょに生活している棗《なつめ》さんの存在も、また特別。

「……だとすれば、棗《なつめ》さんはぼくにとっての『芸術』だよ」

「どういう意味？」

きょとんとした表情の棗《なつめ》さんに、ぼくは告げた。

「棗《なつめ》さんから、ぼくは感動や生きる喜びをもらったから」

「そうなんだ」

「やっぱり、わからない？」

「うん」

そうだよね、とぼくは答える。

でも、ぼくは棗《なつめ》さんの絵筆になれて嬉《うれ》しかったよ。

だから、絵筆としての役割を全うする。

たとえそれが実現できるかどうか不明瞭な、荒唐無稽な発想だったとしても。

3

「いったん構想をまとめると……つまり、このデカい板と同じサイズの画材を用意して、舞台上で夜風《よかぜ》さんがライブペイントパフォーマンスをするってことでええか？」

「毎度のことながら、よく棗《なつめ》さんの取り留めのない説明から主題を要約できますね……」

「ウチは棗《なつめ》さんの発言をテストの問題文やと思っとるからな。得意やねん、お勉強」

「あたし出題者になったことも解答者になったこともないけど」

「解答者になったことがないは嘘《うそ》やろ……いや、嘘《うそ》はつけへんのか……いやいや、それはどうぼくたちの部屋にやってきた小町《こまち》さんが早々に音頭《おんど》を取って、棗《なつめ》さんが描いている構想を具体化していく。

夜が明け、『初花祭対策本部の活動《はつはなさい》』もいよいよ大詰めである。

「でもええねん！」

ある程度話が進んだところで、小町《こまち》さんは心配そうな表情を浮かべた。

「……いけるんか？　夜風《よかぜ》さん」

「わかりません。でも、やらなきゃいけないと思っています」

「挑戦は大事やけど、もしも完成せんかったら成果物がゼロになってまうんやで？　ただ単にでっかいなにかを提出しただけの生徒たちになってまうんやけど……」

「画材は板で確定《フィックス》だよ」

珍しく棗《なつめ》さんが会話に参加する。意思疎通が不慣れな棗《なつめ》さんの声を、小町《こまち》さんは遮ることなく「でっかい板を提出しただけの生徒たちになってまうんやけど……」と訂正する。

小町《こまち》さんの懸念《けねん》はもっともだ。

不安を解消するためには、作品を以《もっ》て証明しなければならない。

「棗《なつめ》さん、もう作品のイメージはできてる？」

「まだ描いてないからわからない」

「そうだった……」

彼女は見たものを描いている。抽象画ではない。モチーフはあくまで存在するもの。

それでも棗《なつめ》さんは宣言した。

「だから、これから実際に筆を走らせてみる。夜風《よかぜ》はまだ見ないで」

「どうして？　制作過程を見ておいたほうがいいんじゃ……」

「小町《こまち》、初花祭《はつはなさい》の舞台は最大で30分間。合ってる？」

「せやな。申請はこれからやし、限られた大ホールの香盤表のうち、まるまる30分出番をもらえるかは確約できひんけど、ウチらは穂含祭《ほふみさい》で入賞しとるから、ある程度融通してくれるとは聞いとる。そもそも穂含祭《ほふみさい》と同じで、初花祭《はつはなさい》も1日で終わるわけとちゃうからな」

「そう。最大で30分間。だから、あたし自身が30分で作品を再現できなくちゃならない」

言われて、はたと気づく。

限られた時間で作品を仕上げる。

それだけでもハードルは高いのに、今回実施しようとしているのはさらにその先――限られた時間内での再現だ。

棗《なつめ》さんが作品を完成させればいいだけではない。

ぼくが30分間で作業を終えればいいだけでもない。

棗《なつめ》さんが30分で作品を仕上げ、その工程をぼくが模倣《トレース》することで、初めて完成する。

——認識を改める必要がある。

この挑戦は……決して、ひとりでは成し遂げられない。

おそらく同じ考えに至ったであろう小町《こまち》さんが、口を開いた。

「もしも実現できるんやったら、絶対にすごい作品になる。断言できる。ウチがそこに噛《か》めるんも光栄なことや。スケジューリング、舞台照明の発注、搬入と搬出の手続き、できあがった作品の展示場所のネゴシエーションまで、ほかの面倒なことはぜんぶ受け持ったる——信じてもええんやな？　棗《なつめ》さん」

「うん」

「夜風《よかぜ》さんも、ええんやな？」

「はい」

最善を尽くすとか、できるところまで食らいつくとか、いろいろな答えが頭を駆け巡ったけれど——絵筆であるぼくが、迷っている暇はない。

「端的な返事が心強いなぁ！」

小町《こまち》さんが相好を崩し、「なぁ、ひとつ聞きたいんやけど」と棗《なつめ》さんに問いかけた。

「そこまでして、なんでライブペイントにこだわるんや？」

小町《こまち》さんの疑問に、棗《なつめ》さんは即答した。

「花菱風音《はなびしかのん》に対して、怒ってるから」

思いもよらぬ答え。

棗《なつめ》さんは喜怒哀楽がわかりにくい。表情に出ないし、彼女自身も自らの感情を明確に線引きできていないと語っている。だからこそ、棗《なつめ》さんが語る『嬉《うれ》しい』『楽しい』という言葉には説得力があった。

でも……思えば、棗《なつめ》さんから明確に『怒り』の感情を受け取ったことは、一度もなかった。

ぼくは問いかける。

「風音《かのん》と会えてよかった、って棗《なつめ》さんは言っていたはずだよね？」

「うん。いまでもそう思ってる。花菱風音《はなびしかのん》に『怒り』をもらったから、構想が降りてきた」

「つまり……自分を怒らせてくれたことに、棗《なつめ》さんは感謝してる……？」

「そう」

あっさりと肯定されてしまった。

小町《こまち》さんは肩をすくめている。

「自分を怒らせた相手に感謝するって……やっぱ、棗《なつめ》さんの感性はようわからへんなぁ。ウチは怒りを100パーセント負の感情やと思っとるけど、棗《なつめ》さんにとっては違うってことか？」

「それに……仮にそうだとして、ライブペイントとの関連性がわからないんだけど……」

ぼくの質問に、棗《なつめ》さんは淡々と答えを口にした。

遠回りでも、確実に答えにたどり着く、彼女なりの表現で。

「人間の怒りは数秒しか持続しない。でも、その数秒を抑制できないからこそ人間は怒りに任せた行動を取る。怒りのエネルギーは制御できる範疇《はんちゅう》を超えているということ」

「あー……アンガーマネジメントやったっけ。怒りを覚えたら6秒間我慢すれば気持ちが落ち着くってやつ。でもアレ眉唾やんなぁ。後を引く怒りは絶対にあるやろ。じゃないと『尾を引く』って表現は成立せんし」

小町《こまち》さんが口を挟むと、棗《なつめ》さんは「うん」と頷《うなず》き、先を続ける。

「アンガーマネジメントの本を読んだことがある。あたしは日常生活で怒りを感じることが少ない自覚があるけれど、怒りのエネルギーが人を惑わすことは理解している。だからふつうの人が怒りをどう捉えていて、どう向き合っているのかを知ろうと思った」

「相変わらずアプローチが独特やなぁ……で、どうやった？」

「怒りを抑える必要はないとあたしは思った」

「本末転倒!?」

勢いよくずっこける小町《こまち》さん。

その様子を見てもなお、棗《なつめ》さんは変わらない様子で語り続ける。

「怒りに対して向き合う必要はある。でも怒りを抑制する必要はない。怒りは人間であれば誰しもが持つ感情で、怒らない人間はいない。生きていれば怒りを覚える。つまり怒りは『活《い》きた感情』だと思う」
抑揚のない声調で積み上がっていく棗《なつめ》さんの論調は、どうしても彼女の特性上、迂遠《うえん》なもの
になっていたけれど……それでもどこか納得できるものだった。
本来なら、小町《こまち》さんの得意分野なのだろうけれど……きっと、ぼくのほうが理解できる。
思ったことそのままを口にした。答え合わせをするように。
「怒りは人間に付きまとう感情。人間は生きている限り怒りを覚える。だから……怒りを覚え
た棗《なつめ》さんもまた、ふつうの人間ということになる。だから……感謝している？」
「そう」
ぼくの言葉に、棗《なつめ》さんはこくりと首肯する。
「あたしは花菱風音《はなびしかのん》に怒りを覚えてる。『夏目』にとって夜風《よかぜ》は必要のない存在だと言われた
ことに怒ってる。夜風《よかぜ》が必要か不要かを決めるのはあたしの心。あたしは夜風《よかぜ》がいるからふつ
うの女子高生になれた。花菱風音《はなびしかのん》の主張には、あたしの感情が抜け落ちている」
棗《なつめ》さんは他人と感情を共有できない。それでも必死で共感しようと足掻《あが》いている。
ふつうの人間になろうと、努力している。
「怒りを持つことが生きている証左で、ふつうの人間であることの証明ならば、生まれる様子
から見せないと嘘《うそ》になる。だからライブパフォーマンスが必要」
生まれる様子から見せる。

怒りは……誕生した瞬間からエネルギーを持つ。

「棗《なつめ》さんは、いつも見ている景色が違うけれど……でも、いまは同じものを見ているような気がするよ」

「それは困る。あたしの創造の価値が無くなる」

棗《なつめ》さんが真面目に答えるので、ぼくは思わず吹き出してしまった。小町《こまち》さんもククと声を抑えて笑いつつ、進言した。

「とはいえ、30分で作品をゼロから組み上げるのは相当厳しいんちゃうか？　どこかで工程を簡略化するとか……あとは、そうやなぁ……棗《なつめ》さんが8割つくって、残りの部分に夜風《よかぜ》さんが手を入れるくらいの塩梅《あんばい》なら、なんとか時間内におさまりそうなもんやけど」

「それいいね」

ふたたび即答だった。

まるで決壊したダムから漏れ出る水のように、棗《なつめ》さんが言葉を紡《つむ》ぐ。

「30分でクオリティを実現するのは時間の都合上難しい。絵の心得がない夜風《よかぜ》にすべてを投げると負担が大きい。なにより――あたしの絵を夜風《よかぜ》が壊すことに、価値を持たせる方法があるって気づいた。あたしの世界を壊してくれた夜風《よかぜ》だから、意味がある」

棗《なつめ》さんの脳内で、急激にイメージがかたちづくられていくのがわかった。

見守るぼくたちに、棗《なつめ》さんは告げる。

「この作品のタイトルは――『対敵』」

その宣言に、ぼくと小町《こまち》さんは顔を見合わせた。

以前、小町《こまち》さんとの会話で棗《なつめ》さんが口にしていたことがある。

『つくってる最中に完成形が見えないとタイトルなんて思い浮かばなくない？』

そして、先ほどの言葉。

『まだ描いてないからわからない』

前提として、棗《なつめ》さんは嘘《うそ》をつかない。正確には、嘘《うそ》をつけない。

つまり、タイトルの決定が意味するところは――。

「……これは、ウチも早々に動き出さなあかんな。ボケっとしとる暇はないわ」

どうやら小町《こまち》さんも同じ結論に至ったらしい。

すなわち――。

この数分間のやりとりで、棗《なつめ》さんは頭の中で作品を完成させていた。

4

　ぼくは一度見たものを忘れない。

　記憶の戸棚にしまった光景を、映画のフィルムのコマを切り出すように引き出せる。

　いつだったか、棗《なつめ》さんにこの特性を『瞬間記憶能力《カメラアイ》』を発展させた『連続性記憶能力《ビデオカメラアイ》』と呼ばれたことがある。

　事実、脳内で浮かべたコマを再構成し、ひとつの映像として思い浮かべることもできる。

　なにより幼少期から、風音《かのん》が反復練習していた演舞を、ぼくは見ているだけで再現できた。

　そして今回、ぼくに課せられた使命は、棗《なつめ》さんの動作の模倣である。

「夜風《よかぜ》は絵を描いたことがある？」

「……ない、ね」

「一度も？」

「それが、一度も。そういう機会を与えられなかったから」

　決意だけで走り出してしまったものの、ぼくは一切の技術を持たない。そのことで棗《なつめ》さんに想定外の混乱を与えてしまうのではないかと不安に思いつつも正直に打ち明けると、意外にもあっけらかんとした反応があった。

「それならちょうどいい」

　そう口にして、棗《なつめ》さんは椅子から腰を浮かせつつ、いそいそと部屋中からなんらかの材料をかき集め始めた。

「太古の昔は壁を支持体としていた。初期ルネサンスの時代に支持体は板になって、ヴェネチア派以降に使われているのはキャンバス」

支持体というのは、実際に絵の具を塗る対象物のことだ。絵画の塗膜を支える平坦《へいたん》な物体。つまり紙や布、金属なども絵を描く対象となれば支持体ということになる。

今回の支持体は、『壁』に模した木材となる。

棗《なつめ》さんはさらに続ける。

「本来、こういう木材に絵の具を塗りこむことはできない。正確には、できないことはないけど、仕上がりが悪くなる。だから地塗りをする。今回は処理を施した白亜地の状態で用意してもらったけど」

「処理済みだったんだ……これ、やけに表面が白くて綺麗《きれい》だなと思ってたけど」

丁寧に磨かれた白い表面に触れてみると、きめの細かさが伝わるような感触がした。

「こんな状態で生えてる木は無い」

「それもそうだね……」

納得である。

「最低でも、この支持体が完成するまで3日はかかる」

「3日⁉」

まだ絵を描いていないにも関わらず、下準備の時点で気の遠くなるような時間を費やすことになる。処理済みのものを発注してくれていてほんとうに助かった。

しかし棗《なつめ》さんは手を動かしながら淡々と話し続ける。

「でも、夜風《よかぜ》にトレースしてもらうためには、実際に壁に向かってあたしが描いてる様子を見てもらわなきゃならない。だからリカバリ用の素材を用意しておく必要がある」

そう言って、棗《なつめ》さんはどこからかガラス製のビーカーを取り出した。中には籾殻《もみがら》のような粉が浮いている。

「……これは？」

「膠水《にかわすい》」

答えを受けて、なるほどこれが……と興味が湧いた。膠《にかわ》というのは、獣類の骨や皮、内臓などを水で煮て、抽出した成分を乾かして固めたもの。主に接着剤に使われる。本で読んだときには岩塩のような粒状をしていたので、水に入れて膨潤させた状態のものを知らなかった。

続いて、棗《なつめ》さんは白い粉が入ったビンを取り出す。

「これが白亜」

「白亜……？」

「炭酸カルシウム。石灰みたいなもの。この粉を膠水《にかわすい》に溶かして糊《のり》みたいにした混ぜものが木板に塗り付けられてある。その上に絵の具を置いていく。木材に直接絵の具を置くと色ムラができるけどこれで防げる。ただし、塗ってあるだけじゃない。時間を置いて何度も重ね塗りをして、乾かして、層を重ねて、仕上げに表面をサンドペーパーで磨く」

道理で何日もかかるわけだ……。

「棗《なつめ》さんもこの作業をしたことがあるの？　油彩画をするときはキャンバスを使っている姿しか見てないんだけど……」

「実家にいたころ何度か。でも手間がかかるから面倒でやめた。仕上がりは良くなるけど置き場に困るしどこまで処理工程を踏んだか頭から抜けていく。布がいちばんいい」

彼女らしい選択だと思った。

「……で、リカバリというのは……？」

嫌な予感がしたので、確認の意味を込めて問いかけると、棗《なつめ》さんはこともなげに答えた。

「失敗するたびにこれを重ね塗りして修正する」

「やっぱりそうだよねぇ！」

しかし、本番の動きを想定すると、なるべく失敗の回数を減らして、少しでも棗《なつめ》さんの動きを身体《からだ》に刻み付ける必要がある。

「だから、よく見てて」

棗《なつめ》さんの指示に、ぼくは強い意思でこくりと頷《うなず》く。

白魚のような指が筆を取り、パレットに乗せられた絵の具を撫《な》でる。

毛先が白亜の壁を滑る。橘棗《たちばななつめ》という人間の器官の一部となったように、流麗に、苛烈に、彼女の見ている世界をかたちづくり、彩《いろど》っていく。

「先に『夜風《よかぜ》が描くべきもの』を描いておく。そのほうがイメージしやすいはずだから」

「ありがとう。でも、棗《なつめ》さんのやりやすい方法でいいよ」

「夜風《よかぜ》がいなきゃこの作品は完成しない。だから夜風《よかぜ》を最優先につくらなきゃ完成しない」

棗《なつめ》さんの脳内の論理展開には、かならず花菱夜風《はなびしよかぜ》という要素が入る。

彼女の絵筆として――それをなによりも誇らしく思った。


そして案の定、失敗した。

一度目のミス。ただ、棗《なつめ》さんの動きを再現するところまで、思いのほかスムースに実現できたのは収穫である。自分でも予想以上の出来栄《できば》えだった。

制作過程で、棗《なつめ》さんも満足げな調子で語った。いつも通りの無感情な声色だったけれど。

「夜風《よかぜ》には絵を描いた経験が欠落している。つまり筆の癖がない。人は絵を描き始める過程で、対象物の位置や配色に迷う。でも夜風《よかぜ》はそうした迷いをショートカットしてあたしの癖に合わせられる」

ここにきて、棗《なつめ》さんが口にした『それならちょうどいい』の真意を知ることとなった。ここまで見えていたのか……と感心させられる。

事実として、筆遣いは完璧にトレースできたと思う。使用する絵の具はあらかじめ棗《なつめ》さんが調合してくれていて、ぼくがこなすべき作業フローは、棗《なつめ》さんの動作の再現のみ。

では、なにが問題だったのか。

「モチーフのサイズ感とタッチが微妙に違う。輪転機みたいに再現するのはあたしにも不可能だけれどもう少し寄せられる気がする。なにが難しかった？」

棗《なつめ》さんのもっともな指摘と質問に、ぼくは端的に答えた。

「……棗《なつめ》さんとぼくの骨格や筋肉量が違うのを考慮してなかった」

考えてみれば、当然のことだ。

棗《なつめ》さんは女性で、ぼくは男性。まさか棗《なつめ》さんの『夜風《よかぜ》の性別を忘れてた』という発言がぼくに返ってくるなんて思わなかった……。

「もう動きは覚えたよね」

当然のように口にする棗《なつめ》さん。

世間から評価を受けているアーティスト『夏目』からかけられる言葉としては、きっと……とても重い確認になるだろう。

しかし、自信を持って即答する。

「うん。覚えた」

だから、あとは調整するだけ。

「じゃあ、先に頭の中で反復していて。あたしは先に外郭を完成させる。夜風《よかぜ》が手を入れる箇所以外をあらかじめつくりあげておく。もしもイメージが崩れるようなら言って。一度ロールバックして白亜地に戻す」

「それは……なんとかするよ」

どうあがいても埋まらない『性差』という壁を乗り越えるため、ただ突き進むだけ。

5

――――。

――――。

一瞬にも思える、膨大な時間を経て――ぼくは、初花祭《はつはなさい》の舞台に立っている。

何度も。

繰り返し、『壁』を彩《いろど》る棗《なつめ》さんの姿を眺めた。

棗《なつめ》さんが構築し、繰り返し再現する作製過程を眺め続けた。

朱門塚女学院《しゅもんづかじょがくいん》が誇る、圧倒的なキャパシティを有する大ホール。そのステージ上に設《しつら》えられた大きな『壁』。材質はもちろん、事前に準備したものと同じ木製の板である。

そこに、当初は存在しなかった大きな布がかけられている。

「わたくしがこれから描く作品は、わたくし自身のものではありません。わたくしはひとりの演者として、ある方がつくりだす世界をこの舞台上に再現いたします――まずは、こちらをご覧ください」

観客に向けて、端的に作品の趣旨を説明しつつ、ぼくは丁寧に『壁』を覆う布を取り外していく。倒れないように、壊れないように、慎重に。

そして、あらわになった『壁』の全体像に、観客が一斉に息を呑《の》むのがわかった。

『すっご……』

深い哀《かな》しみに暮れる人々。

楽しさに我を忘れる人々。

喜びに視野を狭める人々。

それらすべてを包括する――塗り固められたような漆黒。

『禍々《まがまが》しい……あれは、門？』

『あぁ、既視感がある。地獄の門《ラ・ポルト・ドゥ・ロンフエール》……？』

『モチーフはたぶんそう……でもパーツが違うよね』

『歪《いびつ》な輪郭なのに……きちんと整合性が取れている……これって……』

『もしかして、描いたのは……？』

まばらに聞こえる観客の声に、ぼくは棗《なつめ》さんが語ったことを思い返していた。

『オーギュスト・ロダンの『地獄の門』が近いかもね』

——この門をくぐる者は一切の希望を捨てよ。

印象的な銘文で知られるその彫刻は、深い絶望の象徴としてよく知られている。もっとも、ブロンズ像はロダンの生前に鋳造されることはなかったのだけれど。

『近代彫刻の父』と称されるフランスの彫刻家、オーギュスト・ロダンは、イタリア文学最大の詩人であるダンテ・アリギエーリの熱心な愛読者だった。そして1880年、パリの装飾美術館の新設にともない門扉《もんぴ》の制作を政府から依頼されたロダンは、ダンテの『神曲』をもとにつくりあげようと決心し……そして、幾多の構想の末に混沌《こんとん》へと踏み込んでいった。

かの有名なロダンの彫刻『考える人』が、『地獄の門』の頂上に置かれる一部分だというのは有名な話である。

もちろん、棗《なつめ》さんが『地獄の門』に着想を得たわけではない。

『人間には感情が必要。なぜなら人間は感情の動物だから。感情を持つから、見えないものを見るし、見えるはずのものも見えなくなる。あたしは見ているものがふつうの人と違うから、気づくまで時間がかかった。でも、夜風《よかぜ》に喜びをもらって、小町《こまち》に楽しさをもらって、花菱皐《はなびしさ》月《つき》には「もっと早く知り合えばよかった」という自分への哀《かな》しみをもらって、花菱風音《はなびしかのん》には怒りをもらった。だから、すべてひっくるめて門にしようと思った。ちなみに花菱皐《はなびしさ》月《つき》に関してはただのこじつけ』

最後のひとことの無益さが、また棗《なつめ》さんらしいと思った。

どよめく観衆に向けて、ぼくは声を張る。

「作者は、『怒り』をもとにこの絵を描きました。怒りは人々を動かす大きな衝動であり、ともすれば人を滅ぼす感情です。怒りはかならずもたらされるものであり、抗《あらが》うことはできない。しかし一方で……抑制するのではなく、向き合うことでこそ生み出せるものもあると、そう伝えたい。この門は、わたくしたちの前に立ちふさがる『壁』。この壁を打ち破ってこそ、たどり着ける景色がある――そう、言付かっております」

言い終わると同時にBGMが流れ始める。音響と照明を扱う舞台裏で、小町《こまち》さんはぼくの一挙手一投足に応じて指示を出してくれている。

「それでは、ご覧くださいませ」

まばらな拍手に対して一礼をして、背を向ける。

棗《なつめ》さんはまず、遠目からキャンバスを俯瞰《ふかん》する。輪郭と色彩の配置を確認しているのだ。ゼロからイチを生み出す際に彼女が踏んでいるフローだけれど、ぼくの場合は意味が異なる。すでに完成している作品を再現するために、記憶の中の景色と結びつける。

手に取った絵の具。色は――赤。

怒りを示す、紅色。

『壁』の中央に、そっと重ねていく。

何度も何度も、塗りつぶすように絵の具を置いていく。

ぼくは棗《なつめ》さんの絵筆だ。

優秀な絵筆は、きっと……思いのままに動いてくれる。

しだいに『壁』の中央に、炎が放射状に広がるような輪郭が生まれる。

次に手に取ったのは、白色。

輪郭をなぞるように、希望を重ねていく。

怒りと絶望は近しいけれど、共存はしない。

絶望の先に怒りがあるか、怒りの先に絶望があるか。

部屋で『壁』に向き合っていた棗《なつめ》さんの姿を思い浮かべる。

脳裏に焼き付いて離れない姿。

ふだん運動をしないから、大きな画材の前で30分間腕を動かし続けるだけでもひと苦労だった。終わったあとは力尽きて、そのまま眠ることもあった。そのたびに棗《なつめ》さんをベッドに寝かせていたのはぼくだ。彼女の所作は、映像となってぼくの記憶から離れない。

上から3センチ、下に5センチ、そこから広げるように筆の毛先を伸ばしていって……と、棗《なつめ》さんの流れるような動作を言語化して、ひとつずつ掬《すく》い上《あ》げていく。

ぴったり18分後。

門の中央を焼く怒りの炎がかたちを成す。

そこでいったん動きを止めると、先走った観客がパチパチと手を叩《たた》くのがわかった。けれど意識はしない。まだ終わりじゃない。

棗《なつめ》さんもここで一度立ち止まっていた。筆を持ち替えるために。

次に手に取ったのは――鮮やかな緑色。

『夜風《よかぜ》は緑色を見るとどんな気持ちになる？』

『お屋敷《やしき》は森に囲まれていたから、緑があるのが当たり前で、特には……』

『一般的に緑は安らぎとか落ち着きを与える効果があるらしいよ。森林浴とか、気分転換にいいっていうよね。でも夜風《よかぜ》は特別な感情を抱かない。あたしもそう。外に出るという行為が頭の中にないから、草原にも森林にも特別な感情が湧かない』

『じゃあ……どうしてここで緑色を使うの？』

『ふつうの人間は、この色を見ると安心する。だから、これでいい』

怒りの炎によって貫かれた『壁』の向こうには、穏やかな草原が広がる。

これで――『対敵』の完成。

棗《なつめ》さんとぼくは、ふたりで力をあわせて……ふつうになる。

やがて完成した作品を背に、ぼくは観衆に向き直り、ふたたび礼をした。

目を閉じて頭を垂れたところで——万雷の拍手が耳に届いた。

6

初花祭《はつはなさい》の演目を終えて。

ぼくはすっかり疲弊し、ベッドに横になっていた。

瞼《まぶた》が重く、身体《からだ》が言うことを聞かない。一度融《と》けて、液状になったまま固まった金属みたいに、マットレスに全身を委ねていた。

棗《なつめ》さんはぼくの様子を気に留める様子もなく、いつものようにデスクに向かっていた。

「……ぼく、どれくらい寝てた？」

「あたしは夜風《よかぜ》がいつ入眠したのかを把握していないから夜風《よかぜ》がいつ寝たのか覚えていない限りあたしは答えられない」

そうだよね、と呟《つぶや》きつつ時計に目をやる。20時を回ったところだった。道理で倦怠感《けんたいかん》が抜けないわけだ。睡眠というより一時的な気絶に近い。

それほどまでに集中力を研ぎ澄ませていた、ということだろうか。

「うまくできた……よね……」

「うん。中継映像で見た。動きは10割、作品は8割くらい再現できてた。残りの2割は筆のタッチやニュアンス、あとは色彩感覚」

「舞台上の照明、眩《まぶ》しくて……でも、ぼくが棗《なつめ》さんの絵をそのまま完全に仕上げてしまっていたとすれば、観客に誤解を与えかねなかったし……そういう意味ではよかったのかな」

「誤解？」

「正体不明のアーティストである『夏目』のつくりあげた作品がすでに舞台上に設置されている状況でしょ。そこでぼくが同じクオリティで手を入れて完成させてしまったら、ギャラリーはぼくのことを『夏目』だと勘違いするんじゃないかなって」

「あたしはそれでもよかったけど」

「こっちが困るよ。ぼく自身はなにも生み出せないから」

他愛のないやりとりに安心感を覚える。ぐっと力を込めて身を起こし、胸を撫《な》でおろしながらぼくは呟《つぶや》く。

「ひとまず、無事に終わってよかった」

しかし、棗《なつめ》さんの返答は意外なものだった。

「なんで？　まだ終わってないよ」

発言の真意に行き当たる前に、結論が先にやってきた。

部屋に響くノックの音。

重力に逆らいながら身体《からだ》を起こして来客者を出迎えると、そこに立っていたのは——。

「よう。今日はおつかれさま。良《い》いもん見せてもらった」

皐月《さつき》さんだった。

こちらの反応を待たず、本題を切り出される。

「姉弟喧嘩《きょうだいげんか》の時間だぜ、夜風《よかぜ》」

続いて背後から棗《なつめ》さんの声。

「花菱風音《はなびしかのん》との向き合いかたは夜風《よかぜ》が決めればいい。誰かに決められるんじゃなく、夜風《よかぜ》自身が決めるべき。あたしは夜風《よかぜ》の結論に一切口出ししない。ただひとつ証明できたのは、あたしには夜風《よかぜ》が必要だったということだけ」

「ごめんな、橘棗《たちばなななつめ》。ルームメイト借りてくぜ」

「いってらっしゃい」

誘われるがままに、ぼくは部屋の外へ連れ出される。

せめて喧嘩《けんか》にならないように、と願った。


やがてたどり着いたのは、いつもの面談室。

皐月《さつき》さんが用意してくれた、ぼくの居場所のひとつ。

そこに——本来この学校に通うはずだった、ぼくの姉がいる。

そう思うと……複雑な気持ちになった。

扉を開いた途端、挨拶もないままに聞き覚えのある声が飛んできた。

「素晴らしい作品だったよ。感動しちゃった。『夏目』のことは好きになれないけど、やっぱり描く絵は好きだなぁ。作者の人間性と作品のクオリティはイコールで結んではいけないって意見を見るけどまさに言い得て妙だね」

まるで、きらびやかな夜景を前に素晴らしさを語るような、弾んだ口調。

実際に、そう語る風音《かのん》の表情は……屈託のない笑顔だった。

「……ほんとうに来てくれたんだね、風音《かのん》」

「来ちゃだめだった？　喧嘩《けんか》を売られたから買ってあげただけ」

明るい口調の風音《かのん》とは対照的に、面談室は剣呑《けんのん》な空気に包まれる。

いつものようにソファへと腰を下ろすと同時、風音《かのん》は切り出した。

「夜風《よかぜ》、学校は楽しい？」

「……その質問の意図は？」

「あたしの発言の意図を精査する必要ある？　夜風《よかぜ》に得はないよ？」

聞く耳を持たない、といった態度だった。

素直に応じるしかない。

「楽しいとひとことで言えるかどうか……朱門塚女学院《しゅもんづかじょがくいん》に来てから、初めての経験をたくさん積めたよ。誰かに必要とされる喜びを感じられた」

「花菱宗家《はなびし》も夜風《よかぜ》のことを必要としてたよ？」

「そうだね。そこにぼくの意思は介在していなかった」

「花菱宗家《はなびし》は、あくまで『花菱家《はなびし》の一部』として夜風《よかぜ》を使っていた。でも、それって『夏目』のしていることとなにが違うの？」

「え……」

ここで主導権を握られてはならない。

そうわかっているのに……気が付けば、風音《かのん》の空気に呑《の》まれていた。

「舞台上の演出はすごかったね。はじめから完成していたはずの絵の中に、新しい風景が生まれて、絶望の先にある希望？　みたいなのをうまく表現しているなぁって素直に思ったけど……でも、それだけ。あれってもともと夜風《よかぜ》が描いたわけじゃないでしょ？」

「……その通りだよ」

「そうだと思った。わかるよ。夜風《よかぜ》はあたしの大切な弟だし。だから決めた――」

まるで朝食の献立をリクエストするかのように、
風音《かのん》は口にした。

「夜風《よかぜ》、あたしと替わろう？」

「あたしが『夏目』の絵筆になってあげる。夜風《よかぜ》がしていたことをあたしが引き継いで、もっと良《い》い景色を見せてあげる。そうすれば、あたしを写し身として夜風《よかぜ》も幸せな気持ちになれるでしょ？」

「なに……言ってるの……？」

なにを言っているのかは……その実、きちんとわかっていた。

本来、朱門塚女学院《しゅもんづかじょがくいん》に通っていたはずの生徒は風音《かのん》だ。

男性であるぼくが、女性のみが通うこの学校に通っている状況も、本来なら正されるべき事柄だ。わかっている。すべてわかっている。

その上で――。

「断る」

「はぁ？」

流暢《りゅうちょう》に語っていた姿からは一変、初めて風音《かのん》が言葉を失《な》くした。

まるで予想だにしないぼくの反応を受けて、返答に窮しているかのように。

事実、そうなのだろう。

ぼくが風音《かのん》の意思に——花菱《はなびし》家の意思に反逆するのは、初めてだから。

それでも、譲れない。

「たしかに、ぼくが棗《なつめ》さんの絵筆になったきっかけは、彼女からもたらされた突拍子もない行動の結果に過ぎないけれど——ぼくはいま、はっきりと……棗《なつめ》さんの隣にいたいと思ってる」

勢いよく告げると、風音《かのん》はしばらく沈黙し、俯《うつむ》く。

そして……顔を上げたとき。

その表情は、まさしく『怒り』に満ちていた。

「どうしてッ⁉」

勢いよく立ち上がる風音《かのん》。

距離を一気に詰めてきて、襟首をグッと摑《つか》まれる。

「ぐぅ……ッ！」

気道が狭くなる。息が詰まる。呼吸が苦しい。

それでも、意思を曲げない。

「なぁに？　その目は」

頰をピクピクと引《ひ》き攣《つ》らせながら、風音《かのん》は言葉を紡《つむ》ぐ。

「……そういえば……風音《かのん》も……怒りをあらわしたこと……なかったよね」

「当たり前じゃん？　必要なかったから。でも、いまはそうじゃないじゃん？　あたしを怒ら

せたのは誰かなぁッ⁉」

「……ぼく……だね」

「夜風《よかぜ》ならわかるよねぇ？　あたしが誰のために怒ってるのか」

「……さあ。わからないけど……風音《かのん》を……初めて怒らせたのが……ぼくでよかったと……そう思うよ……ッ！」

「──────ッ！」

風音《かのん》が勢いよく、放り投げるようにぼくの襟元から手を離す。

ふたたびソファに腰を下ろしつつ、ぼくはゲホゲホと噎《む》せる。

「ねぇ、どうして⁉　あたしが幸せになれば夜風《よかぜ》も幸せになる！　あたしの幸せが夜風《よかぜ》の幸せじゃないの⁉　そうあるべきだと教えられたでしょ⁉　そこを妥協して、夜風《よかぜ》の意思を汲《く》み取って、あたしが夜風《よかぜ》の役割を受け取って、夜風《よかぜ》をいっしょに幸せに──ッ！」

「はいそこまで」

これまで静観していた皐月《さつき》さんが割って入り、風音《かのん》を羽交い締めにする。

風音《かのん》は手足をバタつかせながら「ちょっと！　なんのつもり⁉」と足掻《あが》いていた。

しかし、皐月《さつき》さんは「はいはいどうどう」と獰猛《どうもう》な動物を飼いならすかのようにがっちりと身体《からだ》を離すことなく、軽い口調で話しかける。

「生まれて初めての姉弟喧嘩《きょうだいげんか》は、風音《かのん》の完敗だな」

すると風音《かのん》は、諦めたかのように足掻《あが》くのをやめて、ぽつりと口にした。

「……意味わかんない」

そして、ひとこと「帰る」と口にして、こちらに背を向ける。

振り向きざまに、風音《かのん》は振り返って。

「また会おうね、かわいい弟《よかぜ》」

そう告げて、面談室を出て行こうとする。

その背中に向けて、ぼくは声を張った。

「また会おうね。風音《かのん》」

届いたかどうかはわからない。

しかし、きちんと明示しておきたかった。

たとえ歪《ゆが》んでいても……風音《かのん》がかけがえのない姉であることに、変わりはない。

願わくは、棗《なつめ》さんと同様、初めて感じた『怒り』の先に、風音《かのん》とぼくが交差する未来があればいいなと思った。

終幕

I will inspire your insipid days.

進級を控えた春休みは、これまでとはうってかわって弛緩《しかん》した空気が漂っている。学内にもまばらに生徒はいるけれど、大半が帰省しており、束《つか》の間《ま》の安寧を味わっている。

朱門塚女学院《しゅもんづかじょがくいん》という、全国から芸術、芸能の才覚を花開かせようとする人々が集う環境は、そこに所在するだけで心や身体《からだ》を蝕《むしば》んでいく。

ぼくも例外ではない。

1年前のぼくには実感が湧かなかったことだけれど、棗《なつめ》さんと関わり、穂含祭《ほふみさい》を乗り越え、彼女の作品の一部となるために思考を続けた時間が、葛藤や懊悩《おうのう》をぼくに教えてくれた。

さて。

風音《かのん》と決別してからしばらく経《た》って、ぼくがどういう日常を送っているかというと。

特に変わらなかった。

ただひとつ、いつもの日常と異なる点はというと……。

——本日が初花祭《はつはなさい》の慰労会だということだろうか。

初花祭《はつはなさい》において、ぼくたち——つまり『初花祭《はつはなさい》対策本部』の面々は、穂含祭《ほふみさい》に続いて入賞を果たした。

それどころか、各学年で優秀な成績を残した生徒に贈られる『優秀賞』までも授賞することと相成ったのである。

もっとも、棗《なつめ》さんにその旨《むね》を報告した際には、

「そうなんだ」

という、いつも通りの反応があったけれど。

「嬉《うれ》しくない？」

ぼくがそう問いかけると、棗《なつめ》さんは首を振る。

「嬉《うれ》しいよ。穂含祭《ほふみさい》のときも、初花祭《はつはなさい》のときも。あたしのつくったものが誰かに届いて、誰かが『すごい』と言ってくれることで初めて価値が生まれる。だから嬉《うれ》しいと思ってる。もっとも、あたしが喜びを感じるプロセスはほかの人と異なるのかもしれないけど」

「相変わらず、棗《なつめ》さんの言葉は難しいね」

「なぜかよく言われる」

思わず吹き出してしまった。

前にもこんなやりとりをした気がする。

記憶に残っている。

棗《なつめ》さんはなにも変わっていない。他者からの評価は定量的に観測するのみ。それで心が揺さぶられることもなく、ただいつものように次の作品に取り掛かるだけ。

しかし「打ち上げは必要やろ」という小町《こまち》さんの鶴の一声で、こうして会が催されることとなったわけである。といっても、棗《なつめ》さんが外出できないため、ぼくと棗《なつめ》さんと小町《こまち》さんの間だけの粛々としたもののはずだった……皐月《さつき》さんが乱入してくるまでは。

皐月《さつき》さんはこの評価を受けて万歳で喜んでいたけれど、一方で評議に相当な拘束時間を取られたらしく、「ヤニ切れで卒倒するかと思った」とぶつくさ文句を言っていた。

社会人も大変だなとつくづく思う。もしも本人に言ったら、どうせ「大学を卒業して教員になって学校に勤めてる状態を『社会に出た』と表現していいのかは疑わしいがなァ」と返ってくることうけあいなので伝えないけれど。

「聞いた話で恐縮なんですけど、喫煙者は口寂しいからとりあえずタバコに手をつけてまうらしいですね。スルメとか貝ひもとか用意しましょうか？」

そんな提案をする小町《こまち》さん。すっかり教師モードを解いた皐月《さつき》さんに馴染《なじ》んだようで、愚痴を引き出しては「君家《おおや》お前はマジでできるやつだなぁ〜」と感心されていた。

「しっかし君家《おおや》、お前がいなかったらこのチームは成立してなかっただろうなァ。縁の下の力持ちって言葉があるが、この1年、お前はまさしくそれだった。先生として誇らしいなァ」

「そ……そうですか？　ウチ、本番ほとんどなにもやってへんけど……」

「お前の役割はディレクターなんだろ？　モノにもよるが、こと制作進行においていちばん大事なことは『無事に本番を迎えること』だ。それがお前に課せられたもので、お前はそれをなんなくこなしてみせた。いくらチームが小規模だからって、なかなかできることじゃねぇよ」

「なんかウチめっちゃ褒められてる……！」

小町《こまち》さんの肩をバシバシと勢いよく叩《たた》きながら賞賛する皐月《さつき》さん。助けを求められたわけではないけれど、伝えておきたいことがあったのでぼくも追随した。

「皐月《さつき》さんの言っていることは本当です。おかげさまで、舞台に立つ人間として、棗《なつめ》さんの作品をどう再現するか、そこに注力できました。まるで時間を忘れたかのように、気が付いたら初花祭《はつはなさい》の本番だった……という実感を得られたのは、間違いなく小町《こまち》さんのおかげです」

「夜風《よかぜ》さんまで……ええんかなぁ、こんなに褒められて」

そこに、さらに気を良くしたらしい皐月《さつき》さんが続ける。

「いいんだよ、褒められとけって。世の中に存在するプロダクトってのは、表層上のものしか見られねぇ。仕方ねぇことだけどなァ。だから表舞台に立ってる人間に賞賛が集まる。でも、役割が違うだけなんだ。舞台に立つ人間、舞台に立たせる人間、どっちも立派なんだよ」

皐月《さつき》さんの言葉を受けて、くすぐったそうにする小町《こまち》さん。

「なんやろ……入学して心が折れてたころの自分に言うてあげたいな……この学園にしがみついてたら、自分にできることが見つかるって。それもこれも、夜風《よかぜ》さんと棗《なつめ》さんに出会えたおかげやな」

そして小町《こまち》さんは背筋を正して、ぼくを見つめる。

「ありがとうな」

まっすぐ視線を受け止めて、今度はこちらが気恥ずかしくなってしまった。

「——こちらこそ」

それ以上は言えなかった。どう伝えればいいのかがわからなかったから。

「慰労会っぽくて良いなァこういうの！」

しんみりとした雰囲気を破壊するように、皐月《さつき》さんが大口を開けて笑う。ムードメーカーならぬムードブレイカーだった。

「でも先生としては少し懸念《けねん》もあるんだよなァ。朱門塚《しゅもんづか》ってのは基本的にクリエイターを育成する場所なわけで、表現者として表に立つ生徒が集まってる。君家《おおや》が自分のできることを見つけられたのは嬉《うれ》しい一方で、この学園の門を叩《たた》いたときの気持ちみたいなのはブレてねぇのかなァって心配なんだよ。そこんとこはどうなんだ？」

「ぜんぜん問題ないですよ？」

あっけらかんと小町《こまち》さんは言い切る。

面食らった様子の皐月《さつき》さんに、小町《こまち》さんは続けた。

「そこに関しては、もう穂含祭《ほふみさい》のときにけじめはつけてて。むしろ入学したときのウチのビジョンが甘かったっちゅうか、漠然としてたんです。世の中の多くの人々に影響を与えるような人間になりたい。せやから、人々が必要とするものをつくれる人間になろう。ものをつくれる人間になるために最高やと思える環境に飛び込もうってのがそもそもの原理やったわけで。ウチにとっては、先に求める結果があって、そこにどう関わるかがすっぽ抜けてたんです。せやから……むしろ、『夏目』の作品の手助けをすることで、目的を達成してしまってるんです。こういう言いかたをすると、結局は棗《なつめ》さん頼りかい！　ってツッコミが来そうなんですけど」

「いいんじゃね？」

小町《こまち》さんが語った内容を、皐月《さつき》さんは端的に肯定した。

「だって橘《たちばな》も君家《おおや》のこと頼ってるじゃん」

そう告げられて、今度は小町《こまち》さんが目を丸くする番だった。

「すげえクリエイターの隣にすげえ右腕がいる、みたいな例はいっぱいあるだろ。橘《たちばな》はすげえ絵を描ける。でも絵を描く以外のことをすんなり進めるのが難しいわけで。表現法を拡充するって部分には夜風《よかぜ》が関わってるし、そのプロセスをサポートして実現可能性を高めたのは君家《おおや》なんじゃね？　傍《はた》から見てるぶんにはそう思うけどなァ」

「…………」

小町《こまち》さんはやや沈黙したのちに、目を輝かせながら。

「ウチ、ここに来てほんとうによかったです」

そう告げたのだった。


そうした会話を交わす一方で、棗《なつめ》さんは遮音ヘッドフォンをつけてパソコンを眺めていた。

ぼくたちも指摘はしない。

これが彼女のペースで、彼女を彼女たらしめている部分だから。

「親から電話来たわ。帰省の日程決めろって催促かなぁ。こんなんメッセージでええのに」

小町《こまち》さんがそう告げて離席する。

慌ただしいその様子を眺めて、ぼくは何とはなしに口にした。

「……やっぱり、親元を離れた子どもには、ああやって連絡が来るんだろうね」

「家庭によるだろ。私も大学生のころはしょっちゅう電話が鳴って鬱陶しかったなァ」

「この1年、ぼくも棗《なつめ》さんも家族から電話が来ることはなかったから、ちょっと新鮮」

「家庭によるだろ」

皐月《さつき》さんは淡々と反復する。単に関心がないのか、それともあえてそういう口調にしているのか、ぼくにはわからなかった。

「家族なァ……」

今度は皐月《さつき》さんが切り出す。

「……風音《かのん》があんなに感情を剝《む》き出《だ》しにするの、初めて見たな」

という呟《つぶや》きに、ぼくもこくりと頷《うなず》いた。

「皮肉だなって思うよ。ぼくも皐月《さつき》さんも、風音《かのん》のことは大切な家族として見てる。でも、考えてることがわからなかっただけで」

「なんでだろうなァ。私も明確な答えを持ってるわけじゃねぇ。だいたい、他人の考えがわからないなんてことは当たり前なんだけどなァ。家族ってパッケージで括《くく》られるだけで、お互いに気持ちが通じ合うもので、それが適《かな》わない場合は異物に見えちまう。そして、異物ではなくて家族なんだと理性が闘い始める。難儀だよなァ」

「実際、風音《かのん》の行動はぼくたちには理解できない突飛なものばかりで、風音《かのん》の頭の中の規範だけで完結してる。でも——同じ人間だったんだ、って気づかされた」

「橘《たちばな》がモチーフにした『怒り』な。怒りのエネルギーはすさまじくて、身を焦がす。人間が到底抗《あらが》えるものじゃない。だからこそ怒りをあらわにするとき、そいつはたしかに人間だ——って感じか？」

ぼくは首肯しつつ続ける。

「でも……どうして風音《かのん》はあんなに怒ったんだろう」

「はあ？」

皐月《さつき》さんが素っ頓狂な声をあげる。

「まだわかってなかったのか？」

「……じゃあ、皐月《さつき》さんにはわかってるの？」

「ずっと前からわかってるよ。だから私の風音《かのん》に対する見方が変わったとも言える」

「…………………」

ぼくは沈黙しか返せなかった。

そんなぼくの様子から察したのか、皐月《さつき》さんはあきれたように説明してくれた。

「お前が言ったばかりだろ。風音《かのん》の思考は風音《かのん》なりの論理展開で完結してる。あいつの目的はなんだった？」

記憶の戸棚を探る。

脳裏に焼き付いた光景を引き出していく。

やがて頭の中で、風音《かのん》の姿がかたちを成す。

『夜風《よかぜ》を幸せにする』

「あれ……？　でも……」

思い当たった言葉。

でも、その真意はまだ理解ができない。

戸惑うぼくに、皐月《さつき》さんはゆっくりと語りかけてきた。

「あいつの頭の中で出した夜風《よかぜ》を幸せにするための結論が『花菱風音《はなびしかのん》のために生きてもらうこと』だった。でも、お前は自らの意思で拒否した。つまりあいつにとってみれば、夜風《よかぜ》は自ら幸せになる道を拒んだことになるわけだ」

頭に銃弾を食らったような衝撃が走る。

ぼくの様子を受けて、皐月《さつき》さんはさらに続けた。

「あいつの考えてることはなにもわからねぇけど、悪気はねぇんだ。橘《たちばな》への悪意はあっても、夜風《よかぜ》に対する悪気はない」

悪意はあっても悪気はない。

矛盾しているかのように思えてしまう。

しかし、そうではないと皐月《さつき》さんは語った。

「橘《たちばな》が風音《かのん》を『敵』だと認識したように、風音《かのん》も橘《たちばな》を敵視してる。あいつは、夜風《よかぜ》を幸せにする方法を『夜風《よかぜ》を自分の影にする』以外に知らねぇんだ。そうあるようにと認知を歪《ゆが》められちまって、なおかつ風音《かのん》が賢いやつだからこそ、逸脱した思考過程を潜《くぐ》り抜《ぬ》けた結果、あいつなりに夜風《よかぜ》を幸せにするルートを見つけちまってる……あいつもまた、被害者なんだよなァ」

「…………」

風音《かのん》は、心の底からぼくを幸せにしようとしてくれていた。

そう思うと……過去、風音《かのん》がぼくにしてくれた行為に説明がつく。

ぼくを成り代わらせて、親族会議で舞踊を披露させたこと。花菱《はなびし》家の面々に対して、『夜風《よかぜ》も花菱《はなびし》家の一員なんだよ』と主張しようとしてくれたと考えれば整合性は取れる。

花菱《はなびし》宗家のお屋敷《やしき》を出奔したのも、風音《かのん》の主張では、混乱をもたらすことで宗家の発言力を削り取ろうとした結果。

棗《なつめ》さんにコンタクトを取ろうとした行為は……これも風音《かのん》自身が口にしていた、そのままの意図。ぼくと生活をともにする人物を見極めようとした結果としての行動だった。

「……ぼくは風音《かのん》のことがずっとわからなかった。でも、風音《かのん》はぼくのことをずっと考えてくれていたんだね」

でも、ぼくは理解を諦めていた。できないものをする必要がないと思っていた。

風音《かのん》は……どんな気持ちだったんだろう。

心の中に湧いた罪悪感が、徐々に大きくなる。

「お前が抱えることはねぇよ」

しかし、皐月《さつき》さんの声が増殖を抑えてくれた。

「お前らはたしかに双子だが、生育環境がまったく異なる。風音《かのん》は過干渉に、お前は無関心に育てられた。愛情を受けすぎて育ったやつと、愛情をまったく受けなかったやつ。人格ってのは後天的に差異が生まれるもんなんだ」

皐月《さつき》さんからかけられるやさしい声を聞いていると……目の端がひくついて、視界が歪《ゆが》む。

「あれ……？」

景色が輪郭を失《な》くしていく。

皐月《さつき》さんも、見慣れた棗《なつめ》さんの顔も、ぼやけていく。

「なんで……？」

頬を伝う雫《しずく》を指で拭う。

「戻ったで～……って、なんや⁉　夜風《よかぜ》さん、なんで泣いとるん⁉」

電話を終えて、部屋に戻ってきたらしい小町《こまち》さんの驚く声が響く。

「夜風《よかぜ》が泣いてるとこ、初めて見た」

少し遅れて、棗《なつめ》さんの声が聞こえる。

聞き慣れていたはずなのに……視界が滲《にじ》んでいるせいで、より研ぎ澄まされて響いてくる。

淡々とした声調の中に、ふだんは見えない棗《なつめ》さんの感情が乗っているような気がした。

「あたしは自分の意思で泣いたことがないから合ってるかわからないけど、花菱風音《はなびしかのん》の気持ちを説明してもらって、夜風《よかぜ》が泣けるってことは、夜風《よかぜ》が心の底から花菱風音《はなびしかのん》のことを想《おも》っていることの証拠だと思う」

満足そうな調子で……しかし、いつもどおり感情の見えない声色で、彼女は言った。

「じゃあ、夜風《よかぜ》も人間だね」

しばらく経《た》つと涙は収まった。

ふと思う。

ぼくは……以前、いつ泣いたのだろうか。

この世に生を受けたとき、間違いなく泣いていた。

つまり、生まれながらに涙を持たなかったわけではない。

では、それ以降は？

記憶を探っても、視界がぼやけて前後不覚になった……という状態の光景は見つからない。

喜怒哀楽は持っているつもりだ。

けれど、感情を発露させる機会そのものが欠落していた気がする。

これも、皐月《さつき》さんが語っていた後天的なものだろうか。

だとすれば……涙を流せるようになったのは、朱門塚女学院《しゅもんづかじょがくいん》に入学したから。

そして……棗《なつめ》さんと日常をともにして、ぼく自身が変化したからだ。

「ありがとう。もうだいじょうぶ」

「そうか」

ずっと無言で背中を撫《な》でてくれた皐月《さつき》さんに礼を伝え、飲み物を用意するために席を立つ。

「じゃあなんか買ってくるか。初花祭《はつはなさい》の労《ねぎら》いってことで私が出してやるよ」

気前《い》の良い提案をしてくれた皐月《さつき》さんに、棗《なつめ》さんが反応する。

「出す？　あたしは花菱皐月《はなびしさつき》の体液に興味はないけど」

「橘《たちばな》……お前、天然でそのボケできんの、逆に会話うめぇだろ」

「会話は下手だよ。あたしは一方的に自分の主張を伝えることしかできない」

「ふつうはそういうもんだよ……ああ、君家《おおや》は橘《たちばな》の相手してやっててくれ」

「ウチも奢《おご》ってもらってええんですか？」

「この流れでお前にだけご馳走《ちそう》しないの教師どころか人間として終わってるだろうが。私のことをなんだと思ってやがる……」

じゃあお言葉に甘えて……という小町《こまち》さんと、チェアに座ってパソコンを操作している棗《なつめ》さんを残して、ぼくたちは一緒に部屋を出た。

売店というのも味気ないので外に買いに行くか、という皐月《さつき》さんに付き従って廊下を歩き、正門へ。

学園の敷地《しきち》外に出ると同時、皐月《さつき》さんは大きく伸びをした。

「夜風《よかぜ》が風音《かのん》を想《おも》って泣いてくれたのが、私は嬉《うれ》しかったよ」

「……自分でも、どうして涙が出たのかわかってなくて」

「人間の感情ってのは複雑なもんだ。すべてに名前を付けることはできねぇと思ってる」

「そういうものなのかな……」

「そういうもんだ。橘《たちばな》の論法を引用させてもらうなら……人間の感情すべてに名前は付けられない。裏を返せば、名前を付けられないほどに複雑な感情を持った夜風《よかぜ》はまぎれもなく人間である……みたいな感じか？」

「ちょっと気持ちが入りすぎてるかな。もっと淡々と語る感じで」

「橘《たちばな》の思想を引用しただけでコピーしたわけじゃねぇよ！」

しばらく歩くとコンビニエンスストアが見えてくる。飲み物を買い物カゴに放り込んで会計を任せると、皐月《さつき》さんは「あ〜、あと35番。そっちじゃなくて……」といった感じで店員とやりとりしていた。なるほど、わざわざ外に買いに出たのはタバコの補充も兼ねてるんだ……。

この人も変わらないな……と思っていると、表情から諦念を読み取られたのか、

「なんだよその顔は……」

と、不満をぶつけられる。

「もうわかっただろ」

そう言って、店外に設置された共用の灰皿に誘導された。

買ったばかりのタバコからフィルムを取り、箱から1本取り出して着火する皐月《さつき》さん。

大きく紫煙を吐き出しながら、

「……ほんとうのことを言うとな。私は風音《かのん》のことが嫌いになれねぇ」

そう語り始める。

ぼくも素直な気持ちを口にした。

「わかってるよ。ふたりは仲が良かった。ぼくは見ていたからちゃんとわかってる。見せかけだけの友好関係じゃない」

「私にとって、風音《かのん》は生意気な従妹《いとこ》なんだ。たぶん……この先ずっと変わらずにな」

「ぼくと同じく？」

「よくわかってるじゃねぇか。私が夜風《よかぜ》を大切な従弟《いとこ》だと思っているのと同じように、風音《かのん》も大切に思ってる。そこに優劣はねぇんだ」

「風音《かのん》も、皐月《さつき》さんのことを好いていると思う。わからないけど……なんとなく、直感的に」

「奇遇だな、私もそう思ってる」

「自分で言うんだ」

皐月《さつき》さんはこくりと頷《うなず》いて、短くなったタバコを火種に、新しい1本に火を点《とも》し、ふたたび煙を吐く。

「……ほんとうは、風音《かのん》も救ってやりてぇんだ。救うなんておこがましいかもしれねぇけど、あいつの認知は、ゆっくりと時間をかけて徐々に歪《ゆが》んでいった。誰が悪いかと言えば、周りの人間……宗家のやつらが悪いってことになるんだけど、それを是正できなかった分家のやつらももちろん同罪だ。責任の所在なんて求めてもしかたねぇ」

煙とともに、体内に滞留した毒素を吐き出すかのようだった。

教師としてではなく、ぼくの……ぼくたちの従姉《いとこ》としての言葉をくれた皐月《さつき》さん。

これは、あくまで願望でしかないけれど。

「皐月《さつき》さんがきっかけで、ぼくと棗《なつめ》さんは生活をともにするようになって……まったく違う価値観のもとに手を取り合えるようになった」

下がっていた皐月《さつき》さんの視線が、ぼくを見る。

しっかりと目を見て、ぼくは告げた。

「だから……まったく異なる価値観をつくりあげられてしまった風音《かのん》とも、わかり合えるかもしれない……って、思うよ」

「……淡い期待だなァ」

皐月《さつき》さんは2本目のタバコを灰皿に放り込む。

「でも……もしも、夜風《よかぜ》と風音《かのん》が姉弟《きょうだい》らしく笑い合えるようになるなら……ちょっとは私も私を誇れるようになるかもしれねぇな」

「…………」

軽はずみな返答はできない。無言で応じるしかない。

けれど……皐月《さつき》さんが思い描く幸せのかたちに、ぼくと風音《かのん》の姿があるのならば。

希望を抱く価値はある。

そう強く思えた。

初花祭《はつはなさい》の振り返りをひとしきり終えたところで、小町《こまち》さんと皐月《さつき》さんが部屋を後にする。

ぼくと棗《なつめ》さんは、残された室内でいつもどおりの時間を過ごしていた。

ベッドに腰かけて書物に目を通すぼくの視界には、黙々とタブレットに向き合う棗《なつめ》さんの姿が映っている。何度も目にした光景。頭の中に入ってくる書籍の文字列と、棗《なつめ》さんの服装が異なるくらいで、反復的に過ごした日常の姿。

ふと思う。

夏から秋にかけて、棗《なつめ》さんは『不満』を感じていなかった。

ぼくの存在が棗《なつめ》さんの不満をすべて取り去ってしまった結果、『夏目』の作品に影響を及ぼすのならば……果たして、それは彼女のためになるのだろうか。

ぼくが棗《なつめ》さんを支えることで、棗《なつめ》さんが『夏目』でなくなるのは……棗《なつめ》さんのためにならないのではないか。

出会ってから、あっという間に経過した時間を振り返ると——やはり、そう感じてしまう。

「棗《なつめ》さん」

「なに？」

「棗《なつめ》さんがぼくを絵筆にしてくれたことを、すごく嬉《うれ》しいと思ってる」

「そうなんだ」

「でも——ぼくが絵筆であり続けることで、『夏目』に良くない影響があるのなら……それはぼくの本意じゃないって思う。棗《なつめ》さんは……どう思う？」

「夜風《よかぜ》は絵筆であり続けることが不満？」

「そうじゃないけど……」

「じゃあ、なにが不満なの」

「……たぶん、棗《なつめ》さんが初花祭《はつはなさい》の作品をずっと生み出せなかったのは、ぼくが棗《なつめ》さんの原動力を奪い去ってしまっていたからだと思うんだ。今回は初花祭《はつはなさい》だけの問題に留《とど》まったけれど、この先、『夏目』が作品を生み出せなくなったら……きっと、棗《なつめ》さんだけじゃない。棗《なつめ》さんの作品を待っている世界中の人々に影響を与えてしまう」

「そうなんだ」

てっきり聞き流されるのかと思っていたけれど、棗《なつめ》さんは手を止めて、こちらに向き直る。

思っていることは、すべて吐き出した。

あとは彼女がどう思うか。

言葉を待つぼくに、棗《なつめ》さんはいつもの淡々とした口調で、

「いいじゃん別に」

当然のように答えた。

「……いいって、どういうこと？」

「だから、いいじゃん別に。あたしは夜風《よかぜ》と出会ってひとりじゃなくなった。ひとりになんていつでもなれるし、ずっとひとりだったから、もし夜風《よかぜ》が離れてしまってもひとりに戻る。前と同じ。きっとあたしはひとりに戻ったらまた『夏目』に戻るけど、時間がそれを許してくれないでしょ。それに、あたしが変わらなくても時間は流れて、連れて世論も変わっていく。いまはたまたま、『夏目』が持ち上げられているけれど、未来が豊かになれば、そうした声はきっと失われていく。ただでさえ絵を描く人間は絵を描けるだけではクリエイターとしての評価を上げられない。声優がダンスを、インフルエンサーが作曲をするように、アーティストにもアーティスト以外の要素が求められる。でもあたしにはそれができない。ただ絵を描いて、絵を描けるだけの人間が必要とされなくなったとき、時代に淘汰《とうた》されるだけ」

棗《なつめ》さんの思想は、直感的に理解ができない。

でも、説明を求めればきちんと説明してくれる。

彼女の頭の中には、彼女なりの理屈が通っているから。

「ひとりに戻ることがいいってこと？」

だから遠慮なく、ぼくは疑問をぶつけた。

「違う。ひとりにはいつでも戻れるから、ひとりじゃない時間を大事にしたい。夜風《よかぜ》が自ら突然あたしの目の前からいなくなってしまうのならあたしはそれを止められないけど、止めようと抗《あらが》う。あたしはひとりが苦じゃない。いままでそうだったから。でもひとりが好きなわけじゃない。それに、移り変わる時代の中であたしが少しでも長く生きるためには、夜風《よかぜ》が必要。あたしの分身たりえる、絵筆が。だから夜風《よかぜ》といっしょにいられる時間を大切にしたい」

その主張には——どことなく、覚えがあった。

「ヴァニタス……」

「そう。いま、この時間を大切にしたい」

ぼくの呟《つぶや》きに、棗《なつめ》さんは解答をくれた。

「芸術や芸能は抗《あらが》えない時間の中で徐々に失われていく。人々は抗《あらが》うために継承を試みるけれど本質的には不可能。それは『夏目』も同じ。あたしの作品がなぜか世間から評価されているのは現在の話で、未来につながっているとは思わない。人間にとって、それは停滞だから。あたしはふつうの人間らしく、時間に沿って進化していかなきゃいけない。じゃないと作品を生み出し続けられない」

「それって……」

「夜風《よかぜ》が絵筆になってくれていなかったらあたしはきっと停滞したままだった。停滞したままだと時間に取り残される。だからあたしには夜風《よかぜ》が必要。夜風《よかぜ》にあたしが必要かどうかはわからないけれど、あたしには絵筆が必要。悩む時間も、着想が降りてこない時間も、いま、ここで過ごしているなにごともない日常も、停滞じゃなくて現在から未来に進む時間のひとつ」

ほんの少しだけ。

わずかに……棗《なつめ》さんを理解できたような気がした。

棗《なつめ》さんは、いつか自分が失われるまで、永遠に抗《あらが》おうとしている。

優れた芸術のセンスと技術を磨き続けながら。

同時に——ぼくが隣にいる時間を、その糧《かて》にしようとしてくれているのだ。

すべてがつながる。

素直に、とても嬉《うれ》しく思った。

「……じゃあ、棗《なつめ》さんが日常を彩《いろど》り続けられるように、気が済むまで隣にいるよ」

「そう。じゃあずっといっしょにいられるね。夜風《よかぜ》があたしの隣にいる限り、あたしは」

棗《なつめ》さんがぼくを見る。

ぼくも棗《なつめ》さんを見る。

現在を刻み付けるように、じっと見つめ合う。

そして——棗《なつめ》さんは、ほんの少しだけ口角を上げながら、

「あんたで日常を彩《いろど》り続ける」


【了】

あとがき　『キャラクターの生きかた』

小説家としてデビューさせていただいてから数年が経《た》ちました。処女作『インフルエンス・インシデント』の連載中、並行して漫画のシナリオを担当するようになりまして、理解できるようになった点が増えたり、逆に感覚的に身につけていた部分に理論を入れたことでわからなくなったりと、壁にぶつかりながら修行の日々を送っております。

『キャラクターが勝手に動き出す』という表現がありますね。

私にはわからないものでした。正確には、わからないと思いこんでいたものでした。というのも、私はキャラクターを動かすわけでなく、文字情報から文字情報を出力するタイプの人間だからです。物語を作る際、脳内に絵や映像は浮かびません。はじめに考える文字情報はキャラクターの生い立ちです。ただし、先にキャラクターを考えるわけではありません。もともと生育環境が人間性に直結するという持論があり、たとえば「人物Aにこの役割を与えます。ではAはなぜこのような行動を取ったのか。そこにはこういった背景があって……」と遡及《そきゅう》するかたちで決めており、その土台として物語のプロットを使って逆算してスタート地点に戻るわけです。こういうつくりかたをしていると、物語の構造ありきで万物が決定されるため、人物の言動や展開が思考の領域内を出ないというデメリットがありました。

『あんたで日常を彩《いろど》りたい』は、こうした領域から一歩外に出るための挑戦として、人物の生い立ちのみ決めておき、その後をすべて彼、彼女らに任せるという思考実験のもと出来上がったストーリーです。1巻のあとがきでも記載したとおり、この物語はすべてキャラクターから出てきたことば、そしてキャラクターが動いた結果のみでできあがっています。ゆえに主体性の芽生えに外的なきっかけが少なく、なにかに触れて、なにかを心のなかに落とし込んでから彼らは動いているため、逆に外的な刺激がなければ動きません。作中の夏季休暇では、夜風《よかぜ》さんと棗《なつめ》さんが本当に毎日同じ生活を送っているため、どの日常風景を切り取ったものか、観測者としてとても苦労しました。あとがきでしか語らない裏話ですけどね。

日常を彩《いろど》るために精一杯生きている彼ら、彼女らに命を吹き込んでくださったイラストレーターのみれあさん、担当編集の森《もり》さん、電撃文庫編集部のみなさんには引き続き御礼申し上げます。そしてなにより、キャラクターは観測されてこそキャラクターとして確立されます。ゆえに、この本を読んでくださった読者のみなさんにも深く御礼《おれい》を申し上げます。

私は変化を楽しめる人間ではありません。不変、そして反復は心地良い。しかし不変にこだわると時代に置いて行かれる。だからこそ、これからも苦悩を抱えながら、面白い小説を考え、書き続けることに価値がある。そんなメッセージを、私は自分の生み出したキャラクターの生きかたから教えてもらったような気がします。

2024年5月末　駿馬《しゅんめ》京《けい》

◉駿馬　京著作リスト

「インフルエンス・インシデント　Case：01　男の娘配信者・神村まゆの場合」（電撃文庫）
「インフルエンス・インシデント　Case：02　元子役配信者・春日夜鶴の場合」（同）
「インフルエンス・インシデント　Case：03　粛清者・茜谷深紅の場合」（同）
「あんたで日常《せかい》を彩りたい」（同）
「あんたで日常《せかい》を彩りたい2」（同）

本書に対するご意見、ご感想をお寄せください。

ファンレターあて先
〒102-8177　東京都千代田区富士見2-13-3
電撃文庫編集部
「駿馬 京先生」係
「みれあ先生」係

本書は、「電撃ノベコミ+」に掲載された『あんたで日常（せかい）を彩りたい』を加筆・修正したものです。

電撃文庫

あんたで日常《せかい》を彩《いろど》りたい 2

駿馬《しゅんめ》 京《けい》

2024年7月10日　初版発行

発行者　山下直久
発行　株式会社KADOKAWA
〒102-8177　東京都千代田区富士見2-13-3
0570-002-301（ナビダイヤル）
装丁者　荻窪裕司（META＋MANIERA）
印刷　株式会社暁印刷
製本　株式会社暁印刷

●お問い合わせ
https://www.kadokawa.co.jp/（「お問い合わせ」へお進みください）
※内容によっては、お答えできない場合があります。
※サポートは日本国内のみとさせていただきます。
※ Japanese text only

※定価はカバーに表示してあります。

ISBN978-4-04-915799-4　C0193　Printed in Japan

電撃文庫　https://dengekibunko.jp/